李经梧

太极内功及所藏秘谱

第三版

梅墨生
李树峻 编著

当代中国出版社
Contemporary China Publishing House

图书在版编目(CIP)数据

李经梧太极内功及所藏秘谱 / 梅墨生 , 李树峻编著 .
3 版 . -- 北京 : 当代中国出版社 , 2024. 7. -- ISBN
978-7-5154-1407-2

Ⅰ . G852.11
中国国家版本馆 CIP 数据核字第 2024FC1011 号

出 版 人	王　茵
责任编辑	周显亮　柯琳娟
责任校对	贾云华　康　莹
印刷监制	刘艳平
封面设计	鲁　娟
出版发行	当代中国出版社
地　　址	北京市地安门西大街旌勇里 8 号
网　　址	http://www.ddzg.net
邮政编码	100009
编 辑 部	(010) 66572180
市 场 部	(010) 66572281　66572157
印　　刷	中国电影出版社印刷厂
开　　本	710 毫米 × 1000 毫米　1/16
印　　张	15.5 印张　1 插页　229 千字
版　　次	2024 年 7 月第 3 版
印　　次	2024 年 7 月第 1 次印刷
定　　价	58.00 元

李经梧小传

李经梧 (1912—1997)，著名武术家、内功养生家、太极拳大师。山东掖县（今莱州市）过西村人，为吴式太极拳、陈式太极拳正宗传人。早年从刘子源习秘宗拳，后毕生修炼太极拳，先后师从赵铁庵、陈发科、杨禹廷、王子英、胡耀贞诸巨擘，精通吴、陈式太极拳械，兼采孙式、杨式拳劲法，融会贯通，自成一家。20 世纪 40 年代即已蜚声武林，为"太极五虎上将"之一。担任北京太庙太极拳研究会理事、推手组长。新中国成立后，积极参与编订推广国家竞赛套路，参加了国家体委组织的二十四式简化太极拳和八十八式太极拳的编定推广工作，为中国第一部简化《太极拳》科教片的演示者。50 年代后期淡出武林，移居北戴河，成为"北戴河太极拳"的开拓者。强调内功和太极拳术相融合，创陈、吴式太极拳的"李架"风格。1984 年武汉首届国际太极拳（剑）观摩大会，名列"太极十三名家"之一。

李经梧毕生献身太极拳事业、传功育人，从学者数万人，入门弟子数十人。他德艺双馨，内外双修，内功深厚，推手精湛，无武界之陋习，有大家之宗风，是 20 世纪杰出的太极拳代表人物之一。

目　录

序言　武为心画

数年前有一次在北大作国学讲座，有同学问，中国武术最显著的特征是什么？

我回答：境界。

从技术上可以列出很多条特色与特点，但我认为，中国武术与其他运动，乃至与其他世界各国武术的最重要区别在于，中国武术的"境界"。

武术的境界是一个武术家对武学的感悟，对人生感悟的体现，技术上再成熟，没有境界，充其量为"匠"。

有无境界是衡量武者是否得窥堂奥的一个尺度，是否大成，在于是否入道，道者，境界之路也。非常可惜的是，当今习武者，能有高远境界的人越来越少，这与用功程度有关，更与浮躁的心态有关。继承发展武术，不仅要在技术上下功夫，更要在境界上能感悟，后一点难度更大，因为它不仅仅是下功夫的问题。

近日，著名书画家梅墨生先生将其新作，一本关于李经梧先生的太极拳书稿发来给我，邀我为其作序，我仔细研读，从中便感受到了这种"境界"。

李经梧先生的境界，一个突出的体现在于他的"个性"。我以为，武术家与其他门类的艺术家一样，个性是必需的。这种个性是其武术风格的表现，更是其人品、武功、修为的综合展示。这是他在整个武术体系中，秉标承延，遗世独立的一种风范。个性体现在技术上就是风格，体现在观念上，就是特立独行，对武学规律的透彻认识与坚持，特别是对传统的精髓，坚持不易。坚持可贵，坚持可敬。

我认为李经梧是一位有个性的武术家。他的个性主要表现在几个方面：

其一为纯，精纯，纯粹。李经梧从小练习武术，植根传统，心无旁骛，拳无旁芜。出手有规矩，抬足有法度，如书画运笔，来历清晰，法度森严，传统是他清晰的符号。对中国功夫而言，只有"纯"，才能成为"粹"。

其二为博，广博，博采众长，博通多家。广博是他的武术见识，视野开阔，不拘谨，不拘泥。既入得法，又出得度，不受束缚，不做"拳奴"。这使得他能融会多家太极功夫，浑然自如。"博"不是"杂"，杂是多而不精，李经梧先生在博中保持着纯，以纯的态度，进行博的广纳，这需要胸怀，更需要智慧。

其三为厚，厚重，深厚。书画无根满纸轻浮，拳功无根满身轻飘。李经梧植根传统，经年勤修，经世为武。根深方可营养充足，精气神充沛，才能枝繁叶茂。"纯"与"厚"相依，纯厚成为李经梧的功夫标签。

其四为灵，灵动，空灵。空灵才能打开空间，才有充分的自由度。武术的外在动作是技术要领的反映，同时也是习武者心性的彰显，要领为法度，心性为自由，拳无法则散乱，无自由则僵滞。

在阅读本书时，还会对李经梧有更多的认识，比如他功夫的细腻，比如他为人谦和与拳架洒脱的完整一气，比如他对武术层次的透彻解析，等等，都会给人以"拳外有拳、山外有山"之感。

我与梅墨生先生相识多年，许多次一起谈武论文，强烈感受到他对于李经梧先生武学体系的精研深习和对李经梧先生的深厚感情。他提到李经梧时经常说起一个"缘"字。李经梧虽然从武，但他以武为器，进而识"道"，我想这也是作为书画家的梅墨生先生对李经梧太极功夫有着深刻、独到认识与理解的缘由吧，中国文化正是他们结缘之"机"。

梅墨生先生对此书的出版很是用心，他以为，几年前出版的《大道显隐——李经梧太极人生》重点介绍了李经梧之人，本书则重点介绍了李经梧之功，互为映照，互为补充，算是对李经梧先生功夫体系的完整介绍。所以在本书内容上进行了精心设计，许多内容是首次公开出书，如李经梧收藏的《太极拳秘宗》。梅墨生根据自身研究体验，对其进行了注释，部分篇章曾在《武魂》刊登，反响热烈。梅先生还亲笔以小楷将秘宗拳谱完整书录，可说是艺术与功夫相结合的精品。书中还特别选取了李经梧先生的众多拳照，是对其功夫一次比较全面的形象展示，是一幅活生生的"流动的生命画卷"。

本书的另一位作者李树峻先生为李经梧之子，自幼得乃父及其他武林前辈亲传，亦为京城太极名流，性情豪爽，多年来为发扬李经梧先生武学也发挥了重要作用。

在他们二位的努力下，本书收录了许多珍贵的资料，可谓李经梧功夫的"压箱底"之作，也是近年来太极拳图书的精品。相信广大读者通过本书的阅读，不仅能在太极拳技术上有很大的收获，还能在功夫境界、人生体验上有崭新的体悟与提升。

著名太极拳文化学者　余功保

写在前面

　　李经梧老师是著名的太极拳家、武术家和内功养生家。作为兼通四派太极拳并内功深厚的武林名宿，他生前淡泊名利，谦和正直，尊师重道，深受武林人士敬重，被前国家体委副主任、亚洲武术联合会名誉主席徐才誉为"太极全人"。著名太极拳家王培生称："能获陈式拳之精华奥秘者，唯有经梧一人而已。"著名太极拳家冯志强称："一代宗师李经梧先生"，"精通太极拳、内功、技击推手，一生从事武术事业，技艺造诣颇深，武德高尚"。著名武术教授门惠丰赞誉他"集各家之长熔为一炉"，"深得太极拳真谛"。著名太极拳家李秉慈称他"太极拳推手独步一时，无出其右"，"拳艺已臻炉火纯青之境"。著名太极拳研究家严翰秀说："李经梧老师精于太极拳内功，他的太极拳技击功夫达到炉火纯青的境界，与他的太极内功息息相关。""李经梧老师是中国太极拳界一个有代表性的人物，他在太极拳方面的建树是不朽的。"上述评价值得今天的武术人士深思，传统武学文化如何传承，如何发扬光大，无疑需要有品德、有修养、有真传、有才能的习武者去做，而今天武术界鱼龙混杂，许多沽名钓誉的武术家正消解着武术精神。像李老师这样的代表人物的纷纷离去，不能不说是中国武术的损失。学习和研究他们，传扬他们的品操与功夫，正是我们义不容辞的责任。

　　李经梧老师的太极拳主要受到赵铁庵、杨禹廷、陈发科、王子英、胡耀贞的传授，五位老师除王子英是以师叔身份传功外，其余四师均正式叩头拜师，实为嫡脉。又因为李师为人忠厚，尊师重道，勤奋好学，谦虚颖悟，甚得长辈喜爱垂青，故所获自然偏得，从学诸师尽得真传，加上自我刻苦修炼，因此功夫上身，老而弥笃，终达炉火

李经梧

太极

内功及所藏秘谱

纯青之境。笔者以为，将武术等同于争勇斗狠之术等，都不利于传统武术的传承与发扬。此外，笔者也不能苟同一种观点，即认为传统武术门派都是故弄玄虚、没有实质内容，这显然是对民族文化传统的漠视和虚无态度，反映了近代科学主义至上与西化思潮之冲击。其实，现代科学不能解释的存在多了，不能因其局限而盲目否定一切。比如传统武术重视师承，讲究口传身授，许多细微的体会与心法都是在这种状况中手把手教的，这也是传统武术特点所决定的，而且前提是师徒的互相认可，特别是师对徒的品质考核满意。这不是故弄玄虚，这是练功传法的审慎与必需。不能正确理解这些便不能得到良好传授，也无法对传统武术进行良莠真伪的价值判断。

李经梧老师的太极内功既得之于师传又成于自创。李经梧老师的太极内功除得到赵铁庵、陈发科、杨禹廷、王子英诸师的传授外，主要得到了胡耀贞老师的指点。胡耀贞的老师彭庭隽是山西太原人，其师系霍成广道长，此外他还习练心意拳和子路太极拳，也习练太原崇善寺立宏和尚传授的佛家功法。据吴文翰先生的研究，胡耀贞也曾通过张钦霖学过左一峰道长的功法。他是李经梧老师几位老师中拳、医、道全通的一位重要老师。李经梧老师生前曾说：内功之窍即由胡耀贞点化明示。

自 20 世纪 50 年代末正式调到北戴河气功疗养院（今为河北省医疗气功医院）工作以后，李经梧老师在不同场合向不同层次的人士传授过不同阶段的太极内功，在医护人员配合下也进行过疗养健康临床实验，无论是一般人士用于恢复健康、祛病，还是太极拳爱好者用于强功、技击都取得了很好的成效。

作为太极拳家的李老师为人热诚，在 60 年代初受国家和社会的感召，曾在 1960 年将《太极内功》初稿完成，是向十年国庆献礼的礼品，只印刷几千册内部发行。征求了一些养生专家的意见后，仅在训练班中作为必修课和临床实践而尝试应用。80 年代初又将部分功法发表于《气功》杂志，广受好评。1986 年在学生帮助整理下，《太极内功》由人民卫生出版社正式出版。当年的气功养生家刘贵珍先生说："经过临床实验证明：太极内功不仅可以提高拳术的鼓荡气和技击能力，而且有着很高的医疗、保健价值，如对高血压、神经衰弱、溃疡病、阳痿症等有很好疗效，所以过去练气功的人，都配合太极拳以提高疗效。"

在本书中，我们以 1986 年人民卫生出版社的版本为基础，对《太极内功》进行了改编。在内容上做了一些增删，结构上有较大调整，对于个别字词有所修订，论述中也加入了一些个人体会和认识，但原则上都是来自李经梧老师的传授，绝对尊重师传。作为本书的第一部分，相信它会给世人提供一种健身途径和强功方法。

李老师生前不喜拍录拳照，因此难得一见。这里发表的陈式一路拳照是我们多年珍藏的，其示范性与经典性对于习练太极拳者弥足珍贵。我们选择发表一百幅以飨读者，希望有所助益。

李老师珍藏多年的《太极拳秘宗》是一份珍贵的武术文献，类似内容虽有报刊零星披露，或在有关拳书上部分发表，似均未见全貌。李经梧老师生前吩咐梅墨生于 20 世纪 80 年代抄录一份，后梅墨生又于 2003 年用小楷重抄，个别字有漏误。这里影印全文，以供世人研究学习。自 2010 年第 4 期《武魂》开始连载梅墨生所作笺注，在此一并收入书中供同好参考，也请高明不吝赐教。

李树峻是经梧先生次子，少年即秉承家教，深得父亲喜爱。梅墨生是李经梧老师入门弟子，潜心习研太极功夫有年。但先生功深德高，我们才疏技浅，修为有限，编著中或多有错漏，敬请读者批评指教。

在此非常感谢太极拳研究专家余功保先生百忙中赐序。也很感谢当代中国出版社的合作，特别是责任编辑的许多建议与认真阅稿。还要感谢同门师兄弟的理解和各种支持。也要感谢妻女的打印之劳。

今年正值李经梧老师 98 岁冥诞，仅以此书作为纪念。

梅墨生　李树峻
2010 年夏于北京

第一编　李经梧传太极内功

李经梧自述

　　余祖籍山东掖县。14岁至哈尔滨谋生。因居处简陋，难御风寒，至罹风湿症。延医无效，转而习武与疾病抗争，遂与武术结缘，至今已65年矣。

　　余17岁在哈尔滨拜刘子源先生为师，习秘宗拳，十度寒暑，晨昏不辍，顽疾逐渐痊愈。武技亦有小成。

　　后闻人云太极拳至为精妙，余心向往之。然苦无师授。后有幸辗转入京，才得遂凤愿。余27岁拜赵铁庵先生为师习吴式

20世纪80年代初的李经梧

太极拳。赵师乃吴式太极拳传人王茂斋、吴鉴泉两位大师之亲传弟子。蒙赵师悉心传余拳技与推手，又以《太极拳秘笈》相授，遂决定余一生从武之路。

　　30年代，北京太庙（现劳动人民文化宫）设有太极拳研究会，余曾任该研究会理事。每晨到太庙练拳，又得到拳师杨禹廷先生的指点传授。杨先生拳架工整，推手手法细腻，为人正直诚恳。余敬慕杨禹廷先生之拳技与武德，于赵师谢世后又拜在杨禹廷先生门下。在太极推手方面，又得到了以推手见长的王茂斋大师之子王子英师叔的悉心指点。在老师和师叔的教导下，使余打下了较为深厚的太极拳基础。

　　40年代初，余闻陈式太极拳十七代传人陈发科先生在北京传艺，余仰慕陈式拳的"缠丝劲"，再拜陈发科先生为师，习陈式太极拳和

李经梧 太极 内功及所藏秘谱

2

20世纪30年代的王茂斋　　　20世纪20年代的吴鉴泉

陈式推手。余除按时去陈师处习拳外，还每周二次专接陈师来敝舍授艺（旧称"教馆"），甚得陈师厚爱。口传心授，历十数载，直至1957年陈师仙逝而止。

60年代，国家体委提倡太极拳运动，普及太极拳，并以杨式为基础整理出"八十八式"太极拳和"廿四式"简化太极拳。余在参与推广工作中，遂又学到了杨式拳的手法和劲路。国家体委以余之拳架，特邀拍摄了全国第一部《太极拳》科教片。

60年代初，余又与友人交流互学，研习了孙式太极拳的手法和劲路。

对于陈、杨、吴、孙四家太极拳，余悉心揣摩了各自的劲路，受益匪浅。有的习武者认为学拳以精于一家为善，这也许有一定道理。然而在本人来说，吴式的粘随柔化之功、陈式的缠抖刚发之力、杨式的舒放洒脱之势、孙式的灵活紧凑之巧，余均博而采之。尝有友人观余之行拳和推手，谓余：身架工整、柔韧、雄浑而潇洒；听劲至灵，应变之速，已臻应物自然之境界。此或过誉之辞，若谓得其一二，则全赖四家拳技之共同滋养也。

余本原从他业，武术乃业余爱好。新中国成立后，由于国家对武术之重视，余遂成为武术专业人员。1956年余在北京市和全国性两次太极拳赛事中夺魁之后，受到国家体委的重视，先后安排余在铁道部、铁道学院、中国科学院、卫生部、市体校等单位任太极拳教练。

20世纪50年代的陈发科　　20世纪20年代的孙禄堂　20世纪60年代的胡耀贞

并曾出任过北京市武术运动会总裁判和全国武术裁判。为普及太极拳，培养师资和运动员作了一定贡献。

1958年，受国家体委委托，由余和李剑华、李天骥、唐豪、顾留馨、陈照奎等同志共同编写《陈式太极拳》一书。其中"陈式太极拳"传统一路动作说明，由余和李剑华同志执笔，由陈照奎拍插图照。完稿后因某些原因未能及时出版，此稿由顾留馨同志带走，在后来出版的《陈式太极拳》一书中被采用。

在50年代，河北省北戴河气功疗养院住院者均为县团级以上干部。为把太极拳用于医疗保健事业，秦皇岛市委决定调余到北戴河气功疗养院任教。余到任后，除教授住院疗养员学拳外，并办培训班数期，为全国各地培养了一大批普及太极拳的师资和骨干，从余学拳者逾万人。

1960年，由余口述，余的学生张天戈执笔整理了余的《太极内功》。初作为教学用内部资料，后于1986年由人民卫生出版社出版而公之于世。1964年余写出论文《对太极拳缠丝劲等问题的体会》发表于1964年10月21日《体育报》。

十一届三中全会以后，百花齐放、百废待兴。尊重知识、尊重人才的风气日盛。太极拳运动在一度沉寂之后又得到了恢复和发展。过去从余学过太极拳的一些有成就之士，以及慕名带艺求师者，纷纷投帖拜师，余只好俯就。数年中，余在全国各地之入室弟子已达七十余

人，其中不乏出类拔萃者。余退休后，常有学生来家问难求教，欣然与之切磋，兴趣盎然，绝无退休后的孤寂之感。此亦因习武得来晚年之乐趣。

八十二岁叟李经梧

1992 年孟夏于北戴河

《太极内功》李经梧原序

气功疗法是我们祖国医学遗产之一,有着悠久的历史。气功疗法具有却病、防病、健身、延年的作用。

太极拳产生年代晚于气功疗法,由于科学的发展和历史的演变,太极拳由以技击为目的而转变为以医疗体育、治病、防病为目的。

新中国成立后,在党的关怀下,中医工作有了巨大发展,气功疗法以独特风格出现在祖国医坛上。特别是刘贵珍氏实验研究报道以后,气功疗法出现蒸蒸日上、百花齐放的局面。

在这个小册子里,介绍一下我个人多年来用于健身和增强太极拳技击能力的一种"太极内功"。经过临床实验研究证明,这种功法不仅可以用于增强太极拳技击能力,而且有着很高的医疗、保健作用。

为了发扬祖国医学遗产,我愿意把这个功法贡献出来,供同道们研究。由于个人科学理论水平有限,过去又是在武术界练太极拳,从1959年转入医疗体育战线,对治疗病种、功法改进、治病机制等方面尚待同道们和有志于此的科学家共同努力探讨。不足之处,在所难免。敬请各位专家和气功、太极拳爱好者以及广大患者指教。

（1986 年）

一、关于太极内功

欲习练太极内功，首先要了解太极内功及其道理。明理才能练功，才能练好功。太极内功是太极拳术的深化与补充，它既是太极拳经过套路学习、盘架子、揣摩架子和不断修正身体意气形招势后的进一步的深化功法，同时也是一种补充功法和独立功法，具有健身、却病、强功、技击的多种功效。

太极内功与太极拳是表里内外关系。内功是练神意气劲的，拳架是练筋骨肢体的，外导内引，内外双修，才能练成"周身一家"的混元劲。中医及传统养生学认为气是生命的本源，元气（真气）是生命之宝，元气充沛则生命力健旺。而武术里的内家拳则称元气为丹田气。拳论有"拿住丹田练内功，哼哈二气妙无穷"的宗旨。"气功"一词的广泛应用并为广大群众所熟知是 20 世纪的事，而关于练气之术则源远流长。气功疗法散布于儒释道医武俗各界，是祖国宝贵的医学遗产的一个重要内容甚至是核心部分。可以说气学是中华学问的根本学，而练养气之术正是祖国医学与养生学的关键。追溯历代典籍不难发现相关论述比比皆是。总结上古医学经验的医学典籍《黄帝内经·素问》中就讲到了养生道理和方法，如《素问·上古天真论》中提到："虚邪贼风，避之有时，恬淡虚无，真气从之，精神内守，病安从来。"《素问·遗篇刺法论》中提到："肾有久病者，可以寅时面向南，净神不乱思，闭气不息七遍，以引颈咽气顺之，如咽甚硬物，如此七遍后，饵舌下津令无数。"名医扁鹊在他著的《难经》中曾专门计算过人的呼吸次数，并把"呼吸太阳"作为一种锻炼方法。汉末张仲景在《金匮要略》中写道："若人能养慎，不令邪风干忤经络，适中经络，未经流传脏腑，即医治之，四肢才觉重滞，即导引吐纳，针灸膏摩，勿令九窍闭塞。"而三国时华佗的"五禽戏"也是一套著名的古代医疗体育锻炼方法。魏晋时道教人物葛洪所著《抱朴子·别旨》篇专论了吐纳导引的理论和方法。晋陶弘景著的《养性延命录》中也讲到了养生之道。唐代名医孙思邈在他著的《千金方·养性》上记载："心无烦，形无极，而兼之以导引，行气不已，亦可得长年，千岁不死。凡人不可无思，当以渐遣除之。"又说："和神导气之道，当得密室，闭户安床暖席，枕高二寸半，正身偃卧瞑目，闭气于胸膈中，以鸿毛著鼻上而不为动，经三百息耳无所闻，目无所见，心无所思。"此后历代中医、武术书籍中可以找到许多相关练气养生功法。由此可见，祖国医学遗产中有关养生部分的内容是丰富多彩的。中国历来有"医武相通""易武相通"之说。显然太极拳和气功有着密切关系。就气功而言太极拳是气功中的"外功"，就太极拳而言气功是太极拳里的"内功"。本书所介绍的太极内功就是太极拳和气功相结合修炼的一种却病、保健、延年并能增强太极拳技击功力即产生鼓荡气能力的一种功法。

本功法将内功与外功相结合，是以意守命门部位、充实丹田和带脉为主，运用吐纳、导引的运气方法，壮腰健肾，练气强身，并用于增强技击能力的一种功法。它是动静相兼，内外合一的完整功法。历来武术家知之不多，知道者为了保持技击上的"地位"和"实力"，多视为至宝，密不传人。

《难经》有人体腰部"左为肾右为命门"之说。《素问·上古天真论》谓："上古之人，其知道者，法于阴阳，和于术数，饮食有节，起居有常，不妄作劳，故能形与神具，而尽终其天年，度百岁乃去。"《素问·四气调神大论》谓："夫四时阴阳者，万物之根本也，所以圣人春夏养阳，秋冬养阴，以从其根，故与万物浮沉于生长之门。"此谓生长之门应指命门。武术传统理论指出："命门在两肾之间，男子用以藏精，女子用以系胞，生津为液，乃人生强弱之关键。命门火蒸腾，能化而为气、为血，升而为神，张而生肌，动而为力，神旺气足，身体强健。反之，如面色苍白，腰痛膝冷，足痹骨酸，阳事萎弱等诸症，皆起于命门受损，牵连肾部，故腰部于人身甚为重要。设能练之得法，则身弱者，必能臻于健康之境……如能习之以恒，则皮肤滋润，面现红色，两耳发赤……眼珠光泽，有神有色，舌底津液不思小饮，此乃命门火充足之象，实于健康大有关系。"这段记载是说两肾中间为命门。其实无论是右为命门还是中间为命门，大体部位都是在后腰。在腰部命门练功其强腰健肾作用都是显然的。本功法认为命门在两肾中间。可以说明，由太极拳和气功内功合而为一的太极内功在医疗保健上的作用是可以理解和肯定的，关键在于掌握运用得当。

太极内功是道家气功与内家拳术的结合。内家功夫必练内功。鲁迅曾说："中国文化根柢全在道教（家）"，梁漱溟曾说："中国文化都是向内的"。所以说，修炼传统功夫必重视内修内炼内养，否则不会有所成就。古代道家以长生久视修道成仙为终极理想，远自五千年前的黄帝时期即已有"仙道"之学。司马迁在《史记》里明确记载黄帝曾问道于仙人广成子。而黄帝与医师岐伯的问答也被《内经》所记述。可见关于道家仙学、医学、养生学、内丹学与武学之历史由来已久，其间存在着广泛而微妙的联系。只是由于"道隐无名"、历来功法传承较为隐秘以至"从来火候少人知"罢了。

欲练太极拳应修太极内功，欲修太极内功应知道家内丹学。由于道家内丹之学既博大精深又真伪杂芜，限于篇幅和水平，本书不拟多所涉及，仅仅提出太极内功与之必不可少的相关性而已。但这个相关性并非可有可无，而是十分重要的，因为太极拳与内功是道家修炼的内外动静性命双修的一体两面！内功是内丹的动态修炼，内丹是内功的静态修炼；内功是内丹的初阶，内丹是内功的高级；内功是内丹的外化与施用于人，是养生和技击功能兼备的功法与途径。明白了上述道理和区别就清楚了内功的特点和宗旨，也就有路径可循了，不会盲修瞎练了。

内丹学家、中医师、太极拳家胡海牙老师说："内家拳注重锻炼腰肾，其实元气（命）之所在；注意培养动静，其实元神（性）之所在。故拳道之学，实即性命双修之学"（《仙学指南》）。说穿了，太极拳功正是性命双修之功、内外双修之学。明乎此则可寻阶由径、登堂入室、窥密见奥以成就健康长寿之道。张三丰说"吾愿天下豪杰延

李经梧（摄于20世纪90年代初）

年益寿不老春，非徒为技艺之末也"，其由在此。内丹学认为"内药是精，外药是气。内药养性，外药立命。性命双修，方合大道"（张三丰《大道论》）。内丹学所谓的"外药"是"立命"的东西，也即生命的根本，内功所要积累充实练养的也正是它。易学认为"气"有先天气和后天气，理想的生命状态就是由后天返还先天，进而先后天混元合一，也就是天人合一。太极内功以丹田（脐下腹后腰前区域）和命门（两肾中间区域）为做功之地，就是紧紧抓住生命的本根部位。传统养生医学认为肚脐为"生门"、命门（背脊骨第十四椎下，即第二腰椎骨部位）为"密户"。这些地方是人体这个生命体的生死门户，围绕相关部位做功便可增强生命能量，激发生命活力，进而改变体能，变化气质，升华生命质量和境界，同时也可以施放出过人功夫。

太极内功的特点不仅仅是在于由内外动静结合到内外动静合一，而且在功法的组织、锻炼方法、临床运用诸方面又是分级、分段、分步，练静、练动、练意，因人、因病、因时，由浅入深，区别对待，循序渐进，逐步提高的。在效果上，除和一般气功一样收到治疗疾病、保健强身之效外，突出特点一是产生鼓荡劲增强技击能力，二是在抓闭训练中达到固精养生之效。从医疗健身方面讲太极内功的适应证比较广泛，在治疗高血压、神经衰弱、阳痿、早泄、遗精、慢性肠胃病及脑动脉硬化等方面有显著疗效。由于它具有分级、分段、分步，由浅入深，适应面广的特点，既适用于强壮者也适用于病弱者。太极内功可以使弱者变强，使病者变壮，祛病健身效果迅速而明显。再者，太极内功是过去武术界用以增强技击能力的功法，无论是气功爱好者、太极拳锻炼者，还是慢性病患者以及气功专业人员都可以学习应用。有兴趣的同志还可以通过气功的锻炼把针灸与气功功夫结合起来，可以提高针刺的效果。特别要强调的是太极内功是气功与武术的结合，因此，如修炼得当、持之以恒，随着功力的积累不难达到意气鼓荡、内劲充沛而产生过人爆发力的功效。

二、太极内功与命门

　　太极内功是太极拳术中内功与外功相结合的一种气功，也就是说在练功时，要分为内外两个方面来进行锻炼，必须内外合一。两者结合方是一套完整的功法。它的特点是以意守命门为主，运用吐纳导引的运气方法，来起到调息的作用，最终达到强身治病的目的。所谓"平气定息，握固凝想，神光内视，五脏照彻"，也就是用"意""息"来调和内脏阴阳的平衡。其理论基础是"阴阳交会，水火既济"。因为命门是先天水火之位（元阴元阳），因此意守命门是太极内功锻炼中的关键，其重要性在于它是平衡阴阳调剂水火"颠倒颠"的关窍。

　　《黄帝内经》中说命门在两肾之间。古人所说的"膈肓之上，中有父母，七节之旁，中有小心"即指这一部位。太极拳书中也说："命门在两肾脏之间"。传统医学认为：命门之火属于先天的元阳，肾中之水则属于先天的元阴，二者为一个人生命的根本。练功养生家又把命门称为后丹田，在命门两侧是左右两肾，赵献可在《医贯》中以"中"字为解，以太极形容，则左肾为阴水，右肾为阳水，命门在两肾之中，是卦中之坎象，一阳陷于二阴，水气潜行地中，为万物受命根本。因此，认为肾虽属水，而水中有火，二者之间的平衡实为保持身体健康的关键，太极内功把充实命门作为关键正是缘此。众所周知，肾气与生长发育有着密切而重要的关系。有生之初，胎孕始结，形如露珠，这是父母之精气，为生长发育的根本，乃得气于先天。若既生之后，脐带剪断，饮食所长养之气血，则为后天。故同为生长发育所需之气，尚有先天后天之分，而先天水火又为后天之根本。故水

李经梧
太极
内功及所藏秘谱

火为气血之源，而肾与命门又为水火之本。肾与命门为人身"元阴元阳"（或真阴真阳），为藏精之所。精即水，精中之气即是火。精以成形，气以生神，源于父母，故以肾中水火为先天。水得火则气常温而不寒，火得水则形常润而不枯，一有偏胜，即失其中和。"中为天下之大本"（《中庸》），而后天培养之功必不可少，所谓后天补充先天又返还先天也。后天者为脾胃。火根于肾而属诸心是何道理呢？因肾为水之宅，阳根于阴，则火生，火性上升。心为火之宅，至其宅而后旺，故从其旺而属之心。故曰：心为君火，肾为相火。肾位于下，输其火于心，以为神明之用，若失其主，则有飞扬僭越之患。故肾水充足，乃能上奉于心，心火旺乃能下交于肾，心肾相交，水火既济，方能神安志定，精神饱满。水火相交，精方能化气。在太极内功的锻炼中，通过意守命门，配合"抓闭""喉头""意识"等内呼吸法，使命门之火充沛，方可达到这种目的。陶弘景曾说过："养生之道，以精为宝，施之则生人，留之则生身。"所以，练功家特别注

1933年北京吴式同门合影，前排右一赵铁庵、右二王茂斋、右三郭松亭，后排右三王子英。此时吴鉴泉已去南方教事，因此"缺席"。

意"保精"，精足则气足，气足则神足，精、气、神充足，身体才能强健。所以人体内脏功能和生长发育以及生育繁殖，无不依赖于肾水、命火之相济。所以《景岳全书·传忠录》说："命门为精血之海，脾胃为水谷之海，均为五脏六腑之本；然命门为元气之根，为水火之宅，五脏之阴气，非此不能滋，五脏之阳气，非此不能发，而脾胃以中州之土，非火不能生，……脾胃为灌注之本，得后天之气也；命门为化生之源，得先天之气也。"又说："命门有火候，即元阳之谓也，即生物之火也。"对这些论述我们从临床病理的变化中，可以得到验证。如肾阴不足的病人，可以导致肝阴不足而引起头晕、目眩等虚阳上亢的症状；肾阳不足的病人，可以导致脾阳不振而引起脾虚泻泄、食少纳呆等症状。另一方面，如果命门火不足，可引起阳痿、早泄等症状；反之相火妄动，可引起阳亢、梦遗等现象。在此，我们可以理解到命门为五脏六腑之本的意义。

通过太极内功的锻炼，配以内呼吸可以使机体内脏活动迅速增强，意气达于命门，肛门紧缩提睾，有形之精上提并化为无形之气，再通过以意守命门为主，前后丹田内转呼吸之锻炼，使水火相济，五脏六腑之气各归其部，百脉充实，各尽其能，这时不但诸病消除，机体也强健了，在技击能力上也有了相当的实力。

太极内功的内呼吸主要是训练下丹田以及命门部位的内动，由内动而促进身体的生机，达到内壮的目的。而上述部位是人体的性腺、前列腺、肾上腺的聚集区域，在内动中可以使之得到活动强化，这也是太极内功健身的"深根固蒂"（老子语）之道理所在。

三、太极内功的功法结构

（一）功法结构

太极内功的功法组织结构是比较系统和完整的。在功法结构上是分级、分段、分步锻炼的。如果按着练功步骤进行锻炼，由初级到高级，从简到繁，由浅入深，是可以很快掌握的。

（1）初级阶段为练静阶段，要求以静为主，以动为辅。在练初级功法时，辅以简化太极拳运动。大体可分两步进行。

第一步锻炼：主要为练神收心，也称之为虚静训练。通过姿势、呼吸、意守的锻炼来使心神安宁，修心养性，达到心平气和。这里所说的"神"，就是古人所说的"心神"。通过意守丹田与内视合一的静守，排除杂念，恢复和增强体质，达到治疗目的，这就是练神。

第二步锻炼：主要为练气入静。在练完第一步功练神收心以后即开始练气入静。这里所说的"气"有两个含义：一个是口鼻呼吸之气；一个是中医所说的元气，武术家所说的丹田气、内气，亦即先天之气，或称真气、浩然之气。练先天气即壮阳气，退阴气；补正气，退邪气。阳气足则阴气散，正气足则邪气退，即内丹家所谓"进阳火、退阴符"，这是健身却病的关键转化阶段。

（2）中级阶段为练动阶段。为动静并进、巩固疗效和强身保健阶段。在这一步太极内功与传统太极拳同时进行，并可开始带功练拳，但不可勉强，宜斟酌情况配合。锻炼法也分两步。

第一步锻炼：动静并练，巩固第一步成果，提高内气功夫。在锻炼中内功和太极拳同时进行，但这里所指的内功和太极拳同时锻炼是指练拳架，动指单式拳架，并非带功练成套拳。

第二步锻炼：充实内部（命门、丹田、带脉）之后，达到神通于背，完成筑基功（基本功）。达到此步功时可以带功练拳或称持功练拳，即可以在盘拳练习套路时同时练内功，让功架合一。

（3）高级阶段为练意阶段，使精、气、神合一，亦称深造阶段。古人云：天有三宝日、月、星，地有三宝水、火、风，人有三宝精、气、神。此阶段就是使精、气、神三宝合而为一。传统医学认为：人体内的精、气、神有损则生病，耗尽即死。以太极内功之法锻炼，使神下走，精向上行，练精化气，练气化神，水火既济，以意行气，气通全身，周身气血通畅，则祛病养生，益寿延年。如配合练太极拳，动静相兼，内外合一，完整一体，不但可祛病健身，还可以使内气鼓荡，加强内劲的爆发力，增强拳术技击能力。锻炼可分两步进行。

第一步锻炼：动静合一，带功练拳。在完成筑基功之后，转入深造阶段，使动静合一，内外合一，也就是说内功与拳术合一。带功也称持功，即用吸、贴、抓、闭之意气运用贯劲练拳。

第二步锻炼：练精化气，固精养神。练功达到这一步，功夫到身，身健体壮，精液生多，性欲增加，此时如果不固精，便会有损身体。这里固精指练筑基功一百天严禁房事，即使练成后也要节制房事。所以必须通过固精，使精化气，练气化神，达到固精养身的目的。武术家以技击为主要目的，养生家以健身为终极追求，武术家与养生家若到神化境界，均应练神还虚，以达无形无象、不闻不觉之状，道功所谓"寂然不动，感而遂通"。但通常人练功至气足神旺劲强，就已收效，能否再上求则因人而异了。

（二）具体操作方法

太极内功练习方法实际操作起来并不复杂，但操作时因为涉及姿势、呼吸、意守三要素，为了说清楚，只能分述，所以显得复杂。

姿势、呼吸、意守是太极内功锻炼中统一不可分割的，为了说明三者之间的同步关系，特列出简表，以供参考。

太极内功结构简表

阶段	步骤	姿势	意守	呼吸	配合
初级阶段 （40天）	第一步	卧室、靠卧、靠坐	单窍意守	自然呼吸 沉气呼吸	简化太极拳
	第二步	靠卧、靠坐、站式	单窍意守	沉气呼吸 抓闭呼吸	简化太极拳
中级阶段 （30天）	第一步	坐式、站式	多窍连线意守	抓闭呼吸	传统太极拳
	第二步	站式、活练式	多窍连线意守	抓闭呼吸 喉头呼吸	传统太极拳
高级阶段 （30天）	第一步	活练式	守前丹田 （关元）	喉头呼吸 内转呼吸	带功练拳
	第二步	活练式、随意式	守后丹田 （命门）	意识呼吸	带功练拳

1. 姿势

太极内功的姿势很重要，与功法要求、意守部位、呼吸方法密切相关，大致可分为静练式、动练式、活练式。练者可根据自己的需要选择。

（1）静练式

静练式分仰卧式、靠式、坐式、站式四种形式。

仰卧式：采取平时睡觉的仰卧姿势，头部端正，枕头略高一些（约25厘米），肩下垫高约3—6厘米，以舒适为宜。两腿伸直并拢，两足跟相靠，足尖分开成自然八字形，两上肢自然伸直，手放于身体两侧，手心向下平贴于床上，两眼微闭或微露一线之光（图1）。

靠式：又分为靠卧式和靠坐式两种。靠卧式：即采取平时休息的半卧姿势，半卧床上，枕头要高，背下垫起约35—45厘米，上身成

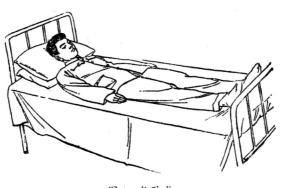

图1 仰卧式

坡形，余同仰卧式。另一种靠卧姿势是左脚置于右脚上，压住解溪穴（在脚弯前正中两筋间），或右脚在上。以舒适为宜（图2、3）。靠坐式：即平时在躺椅上的姿势，要求与靠卧式相同。坡度适宜，运用方便，感觉舒适，临床上多采用此式。本式也分压解溪与不压解溪两种（图4、5）。

图2 靠卧式

图3 靠卧式（压解溪）

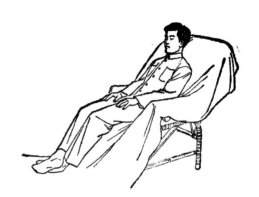

图4 靠坐式　　　　　　图5 靠坐式（压解溪）

坐式：身体端正，稳坐于凳上，两腿自然分开，宽与肩等。膝关节弯曲成 90 度角，两小腿平行垂直于地面，双脚踏地。凳的高度要适度，头正直微前倾（有头顶悬之意），含胸拔背，松肩垂肘，双手放在两膝上。如果坐椅子，背和腰不可靠椅背，不可失去放松原则（图 6）。

图 6　坐式

站式：是太极内功的基础功。姿势与太极拳预备式相似，立正，左脚横开，脚尖向正前方（不外斜），宽与肩等。头正直，下颌收敛（头顶悬之意），含胸拔背，松肩沉肘。两手贴于身体两侧，全身关节、肌肉放松，两眼向前凝视（图 7、8）。

图 7　站式（正面）　　　图 8　站式（侧面）

（2）动练式

动练式又分单练式和带功式，是太极内功的中级锻炼阶段。

站式：与静练站式相同，凝视后两眼微合或微露一线之光看会阴。头缓慢下垂，随呼气身体慢慢弯腰下蹲，蹲到两膝发酸为度，姿势到此定形，开始吐纳练习。吐气时把气向下引导，两手同时自然伸开；纳气时气向上引到命门，随吸气两手握拳，进行抓闭，抓闭后呼吸稍有停顿（图9、10、11、12）。

图9 动练式站式动作（正、侧面）

图10 动练式站式动作（正、侧面）

图11 动练式站式动作（正、侧面）

图12 动练式站式动作

活步站桩（又称太极看手式）：开始先做预备姿势，头正直，两脚横开一步，含胸拔背，吸气意贯丹田，此时闭息不呼，两拳紧握，两臂抬起，左手在前，左腿同时迈出。两拳变掌向前按，两眼看前手的手指，左脚尖点地，十分之七体重在后腿，双肘略弯，右肘俯于左肘，止步闭气，待闭气不能坚持时再呼吸换式（图13）。

换式动作：将两手轻落身体两侧，随落手同时慢慢呼气，将气呼尽后再行吸气抓闭握拳。抓闭后，与前左右相反做活步站桩（图14）。此式可依练功者身体情况规定锻炼时间。本功应在站练式基础上进行。

图13　动练式活步站桩（出左腿）　　图14　动练式活步站桩（出右腿）

带功练拳：在练完静练、动练、活步站桩基础功之后，即可开始带功练拳。要注意交替锻炼。正气不足时，则可重新抓闭充实，待充实后再行带功练拳。长期坚持带功练拳可达到高级阶段，即活练式。

（3）活练式

活练式是太极内功的高级锻炼阶段，没有固定姿势，是无形无相的东西，用则有，不用则无。采用喉头呼吸法或意识呼吸法。以意行气，气通全身。此时可带功演练整套太极拳。平时也可随意练习，不必采用固定姿势，可走路练、说话练、坐车练，即随心所欲练，不受时间、地点限制。

2. 意守方法

太极内功意守部位和操作方法较其他功法多，依据练功的不同阶段，意念运用因人、因时而异，主要有如下几种：

（1）意守会阴法：本功法所指的会阴就是前后阴之间部位，也称下丹田。意守这个部位可以迅速排除杂念，使神凝心稳。开始时两眼平视，向正中处视为一线，先将视野放到最远处，寻找一个目标，如山川、日月、星辰、花朵、胜景等，待神凝后，将所采之景物收回离眼1.2尺左右停止凝视。待凝视几分钟后，由于双眼凝视所采之景物会变得模糊不清，也有的单景色会变成重影或变成一个白色气团，所以过去传授此段功时叫采气雾（物）。待凝视中出现模糊不清的景物或气雾（物）时，头慢慢低下，眼看会阴。此步要与内视合一，以意下达会阴，意气同行，守住会阴穴。

（2）意守涌泉法：以意领气，从会阴慢慢经过大腿、膝关节、小腿、足踝部最后达到涌泉（足心）。领气要缓慢进行，不可过急过快。初练时呼吸不深长，气不能随意念同时达意守部位时，可不管呼吸，任其自然，此即"气断意不断"。经过一定时间的锻炼，意气自然合一。又因气从会阴到达涌泉走的是一条线，故此又称"连线意守法"。

（3）意守命门法：以意守命门为主，以气连络其他部位，循环不止，故又称"循环意守法"是最关键的一环。练功开始，以意领气，从涌泉开始配合吸气，引气经足踝、小腿、膝关节、大腿，最后到会阴合而为一，再从会阴引气到后丹田（即命门）。引气到命门后要停顿，意守命门的时间长短以体质、功夫深浅决定。停顿后再以意领气从命门开始返回，经会阴后分两条线经大腿、小腿、足踝达到涌泉。如此周而复始地进行，久而久之命门即可得到充实。姿势可配合站式、坐式两种。注意气的运用要缓慢、均匀、无声、无息，不可过急过快，不可用力。

（4）意守关元法：关元就是通称的前丹田，在肚脐下三寸小腹的中央部位。不同于其他功法，此法练熟后可达到气贯丹田，气冲带脉的功夫。方法是：以意领气，从命门开始分两条线沿腰围冲向关元，稍有停顿，即进行意守。配合呼吸，反复进行，锻炼日久，前后贯通，在腰的周围似有一条带子缚住，也就是带脉部位，练到这一步，可达到带脉充实。在此基础上只要稍用意引导，结合呼吸便可产生鼓荡气，这时带功练拳就可提高拳术技击能力。

（5）意守印堂法：这是太极内功最后意守部位，必须在以上各功锻炼成熟的基础上才能运用，又因不易掌握其火候，在无人指导时不可自行练此功。方法是：将吐纳的纳气（吸气）不放，再把气由意念提到背部，经夹脊、玉枕、百会、上星达到印堂，守住印堂。气到印

堂后停住，不再下引，也不旋转，两眼内视，全身有意气贯满之感，精神贯注。如带功练拳可优于平时。

（6）命门涌泉连线意守法：此法多用于治疗疾病，开始可采用卧式、靠式或坐式，配合深呼吸，以意领气。把气从命门下引到会阴，由会阴分两条线经两大腿、膝关节、小腿、足踝到涌泉，然后再吸气，以意引气，把气从涌泉经原路线返回，再配合呼气，以意下达涌泉，如此周而复始进行。

（7）意守解溪法：本法不是原太极内功的锻炼方法，主要用于治疗高血压、失眠症等。练功时可采取仰卧或靠卧式，一只脚跟落于另一只脚背部的解溪穴上，全身放松。采用沉气呼吸法。呼气时使气下沉到解溪（或达到涌泉），注意呼气，不注意吸气，反复进行锻炼。

3. 呼吸方法

大体为以下几种形式：

（1）自然呼吸法：用于初级阶段，或者是练功开始的前几分钟。取平时缓慢的自然呼吸，逐渐用意引导把胸式呼吸改变为腹式呼吸，不停顿，不默念，要求均匀、细长、缓慢。

（2）导引运气法：用于第二阶段。练功开始，口对会阴方向细长吐气，随着吐气身体慢慢下降，降到两膝发酸（参照"姿势"一节）。用意引导气由会阴降到大腿、膝关节、小腿、足心；吸气时由足心再返回会阴，周而复始，令气运行。

（3）抓闭呼吸法：运用于中级阶段，练完导引运气法后可接练本法。这种呼吸法从操作过程来讲也可称之为吸、贴、抓、闭呼吸练功法。采取站式（参阅"姿势"一节），在练完导引运气法后，吐气时把气引导到足心，呼吸停顿，停顿后吸气，引气上行经两小腿、关节、大腿、会阴、尾闾、命门；吸气的同时，两手用力紧抓（握拳），两脚十趾扣地不放，舌尖轻贴于上齿与齿龈之间，紧缩肛门并上提，吸气到不能再吸（饱和）为止，然后停顿（闭住）；停顿后随呼气再将气慢慢顺原路线回到足心，手指、脚趾放松，随后全身放松，如此周而复始进行。本呼吸法是一种内呼吸法，不介意口鼻呼吸。又因这种呼吸法较猛烈，抓闭锻炼时间不宜过长。抓闭停顿时间也要随着锻炼的时间加长而延长。

20世纪50年代北京吴式太极同门"全家福"。二排右起一至五为：赵任情、王子英、吴图南、杨禹廷、李子固，三排左二为李经梧，前排右二为孙枫秋、右四为李秉慈，四排左二为王培生、左五为翁福麒。

（4）喉头呼吸法：本呼吸法在抓闭呼吸的基础上进行。操作时忘掉口鼻呼吸形式，用意配合喉头纳气。所谓喉头纳气不同于生理上的浅呼吸，指的是在经过抓闭呼吸锻炼后，有了"内气"的感觉，但在技击时不能等待练完抓闭呼吸后再与对方搏击，而是要用一种迅速充实内气的方法，也就是在一瞬间（大约四分之一秒）喉头用意扩张一下气便迅速进入丹田，小腹立即充胀起来。这种呼吸从外表形式上看不到操作内容，张喉、充气、鼓腹均在同时进行。姿势采用站式和活步式，只稍用意念整个带脉立即充实起来，腰部充实，气遍全身。这种呼吸可以单独应用，也可以在喉头呼吸后把气闭住，再进行抓闭呼吸锻炼。这种呼吸过去多用在太极拳技击上。因为它无固定形式，完全以意引气，随用随来，非常方便。

（5）意识呼吸：它是在喉头呼吸法的锻炼基础上更高级的内呼吸法。它同喉头呼吸法的区别是，无形无象，不用喉头纳气。在应用中，如果是拳术技击，只要手或肢体任何部位接触对方，意识反应立即出来，气随意识同时充满带脉和全身。这种呼吸在应用时，不必做任何准备，用则有，不用则无。

李经梧 太极内功及所藏秘谱

24

（6）内转呼吸法：本呼吸法是把纳入之气用意引到腰部腹部，使中丹田（前丹田与后丹田之间）充实后再引气围绕脐的周围转圈。先从里圈开始由右向左，顺时针方向外转圈，共计转 36 圈；然后再从左向右，逆时针方向，由外向里转圈，共计转 24 圈。

（7）沉气呼吸法：用于治疗，也用于气功的预备功。它不是太极内功原有的呼吸法，适用于初练者和体弱者，尤以高血压、自主神经功能失调、失眠等最为适宜。姿势可随意，平坐、靠坐、仰卧、站式均可，以靠坐、靠卧最适宜。练功时全身放松，以意配合呼气，不用注意吸气。呼气开始以意引导气由命门下降，降到会阴、大腿、小腿、涌泉。久练可感到呼气时气由命门下沉到足心，并能产生一股热流。但必须注意，此法强调不管吸气，只注意呼气，任其自然。

4. 收功方法

比较简单、随意。用于治疗，可以逐渐停止意守，两眼慢慢睁开，两手相搓发热后抚摸面部，活动肢体，开始散步。如练整套太极内功时，不拘哪一个姿势，均以意收功，身体直立，以意使气下沉到足心，然后活动肢体，散步即可。

（三）关于练功的时间和进度

太极内功练功时间的长短，进度快慢，次数多少，是根据疾病程度、身体健康情况、练功条件以及采用的姿势、呼吸、意守等不同情况而灵活掌握的。在一般情况下，用于治疗时，从治疗开始到疾病痊愈需时间为 1—6 个月。如以保健延年为目的者，需持之以恒，常年坚持锻炼。为了带功练拳，增强拳术上的技击能力，需完成筑基功 100 天。不论哪种情况，每天都要坚持练功 2—3 次，每次练功时间 10—60 分钟。

病情较轻疾病又单纯者锻炼时间可短，病情重者练功时间可延长。这里指练静功时间宜长，而动功时间宜短；卧式、靠式宜长，站式宜短。呼吸锻炼注意从自然呼吸法开始，沉气呼吸法锻炼时间宜长，导引运气法宜短。另外，抓闭呼吸时间更不宜长，每次不宜超过 5 分钟，最长不超过 15 分钟，每日 2—3 次。

（四）太极拳与内功配合的方法

太极内功与太极拳在具体配合上有三种形式。

（1）循环交替：循环交替又分集中交替和交叉交替。

集中交替是指在一节功内交替配合。一是两头静，在一节功内先练静功，中间练动功，最后练静功；另一是两头动，在一节功内先练动功，中间练静功，最后又练动功。

交叉交替是指在一日之内静、动交替进行锻炼。一次专练静功，一次专练动功，一日数次，交替进行。

（2）定时定次：在一天之内规定动功练几次，静功练几次，依据具体情况规定锻炼时间和次数。

（3）动静合一：动静合一系就带功练拳而言，此步功可依据功夫深浅自行掌握。

在带功练拳的学习过程中，可以集中学，以后分组，最后个别专修。当然自己练功者例外。学习中首先学好国家体委规定的简化太极拳，中级阶段学八十八式，最后学习太极剑、杨式太极拳、吴式太极拳、孙式太极拳、陈式太极拳比较合适。

四、太极内功通督与周天功

（一）关于太极内功通督

太极内功的特点是动静相兼，内外合一，以抓闭呼吸为基础，而且要行气通督脉。

在练功过程中，当沉气呼吸锻炼达到要求后，即有气感下沉到足部（每呼气时），为抓闭呼吸打下了基础。练到抓闭呼吸一步时不仅注意呼气，同时也注意吸气，吸气时气由足上行到命门或丹田，呼气时由原路再下沉到足，这就为通督脉打下了基础。此步功完成的感觉是命门（后腰）、丹田（小腹）、双下肢有气感随呼吸上下走动，并且肢体有发胀、发麻、发热甚或起鸡皮疙瘩的现象。抓闭呼吸完成后，再行气通督脉和"神通夹脊"（太极内功所指的夹脊在后背正中线督脉，与华佗夹脊不同）。神通夹脊的感觉是吸气时气由足上行到命门后不停，沿督脉上行到两肩胛角中间（相当于第三胸椎部位），至此气不再上行而分别贯入两上肢并到手，气感到手神通夹脊才算完成。此时气感到夹脊和上肢是由意念引领上来的，但切忌引气上头，这是与周天功气的运行通路的不同之点。也就是说太极内功可以通督（脉）不通任（脉）。这是因为太极内功原来是为配合太极拳而练的功夫，以便在练拳时使气在体内流动，达到拳经上说的"意到气到，气到力到"，使拳术达到行如流水滔滔不绝的境地，又可使气血流畅，达到祛病健身的目的。

太极内功的"灵机于顶"是气的高级锻炼形式，是武术技击时应用的一个步骤。它是在"神通夹脊"练成功后将气引向头顶（百会部位）停止，但不引气下行，恰在此时通过气留头顶而引起精神状态改变，自感力气增大，有争强好胜情绪；技击（较量）后再将气沉下。故太极内功传人一再嘱咐太极内功灵机于顶的一步功不可轻传，也不可轻易练，只有到万不得已应急时才能应用。无人指导不可盲练此步功法，尤其是病患者。

这里需说明的另一点是周天功的通任督二脉。此功是通过静功（打坐、导引行气等）锻炼后，蓄积元气，元气充沛后使气自行沿任督二脉运转，禁忌以意领气，要勿忘勿助。锻炼的步骤是"练精化气，练气化神，练神还虚"，即所谓"周天三部曲"。练周天功的目的是保健却病，延年益寿增智。而太极内功的通督不通任是通过沉气呼吸，抓闭呼吸，神通夹脊，灵机于顶四步功达到提高技击能力和引发出爆发力的目的。在锻炼过程中也有较好的医疗保健、却病延年作用。所不同的是太极内功强调用意念引气和导气，所以通督快些，感觉大，产生劲力也快。

（二）周天功

太极内功有通周天的内容，但并不是周天功。内功是一种医疗保健的方法。我们是用历史唯物主义和辩证唯物主义观点去研究古代文化遗产，使之造福今人。但如前述，太极内功与道家学说毕竟有关联，正视这一联系就涉及道家、医家和养生家都修炼所及的周天功。

行气玉佩铭

周：环绕一周；天：比喻人体是个小天地；功：是指锻炼方法和练功中人体内产生或增强元气的功能，也称功夫。具体运行路线多指元气循行于督、任二脉之中，周而复始，周流不已，故名周天功。其他如河车、搬运、乾坤运转、子午流注、任督交流、真气运行、内景隧道等，都是同法异名，只是流派不同，传承有异，在修炼步骤和侧重点上稍有差异。有关气功方法记载最早和最详细的是战国初年的历史文物"行气玉佩铭"，共45个字，铭文为："行气，深则蓄，蓄则伸，伸则下，下则定，定则固，固则萌，萌则长，长则退，退则天，天几春在上，地几春在下，顺则生，逆则死"。它刻在一个十二面体的小玉柱上（据郭沫若著《奴隶制时代》）。周天功产生年代，可能还要更早些。但通观老子、庄子及传说中黄帝的论述，都无疑隐存了周天功或气功养生的法理。

周天功经过数千年的流传，又经过各代练功家的整理提高，在医疗保健、益智延年和陶冶情操等方面，都有很好的效果。由于在流传中分门立户，或单口传授，各家各派又互相影响和渗透，因而周天功的一些修炼方法也各有差异。这里结合北戴河气功疗养院临床经验和练功体会，谈如下几点：

1. 周天功的姿势

以盘坐（自然盘坐）为宜，平坐次之，站式及卧式更次之。这是因为盘坐或平坐（平坐椅上）时，调息和气沉丹田较容易，腹呼吸形成快，元气感来得早。尤以盘坐式，周天功运行顺利。卧式多用于重病和体质过弱者，或周天功已形成，达到"行、住、坐、卧，不离这个（丹田）"阶段采用。周天功有所谓"天门常开，地户永闭"（地户指肛门，练功盘坐时，用一只足跟顶住肛门）之说，这种姿势重病人或许不便采用。

2. 周天功运行的路线和方向问题

有很多种提法，常用的几种为：

（1）周天运行路线是从元气产生后，气流由丹田降至会阴，由尾闾上行，沿督脉（脊背正中线）过夹脊、玉枕再过头顶下来，再用舌接入任脉，沿任脉（前胸正中线）下行入丹田。随呼吸升降，周而复始。此功法理论认为督脉是六条阳经（手太阳小肠经、手少阳三焦经、手阳明大肠经、足太阳膀胱经、足少阳胆经、足阳明胃经）之首；任脉是六条阴经（手太阴肺经、手少阴心经、手厥阴心包经、足太阴脾经、足少阴肾经、足厥阴肝经）之首。任督通，百脉皆开，周天形成。

（2）第二种同第一种大致相同，只是在元气产生后先通带脉（腰圈），整个丹田充实后，再沿上述路线运行。

（3）上两种元气运行路线是周天筑基功，属于小周天。此步完成后再行大周天。它的路线是在任督脉周流后，其他十二条经脉皆有元气运行，即为大周天形成。也是随呼吸升降，周而复始，实际上是人体有如网络交织有气行滚滚。

（4）在任督二脉周流后，元气再按十二经脉的循行次序逐一运行。即肺经→大肠经→胃经→脾经→心经→小肠经→膀胱经→肾经→心包经→三焦经→胆经→肝经，为一大周天，然后再由肺经起始，周而复始。

（5）任督脉周流后，只要元气通往全身（不按经络路线运行），或元气行某一部位（有时某个脏器），就是大周天形成。

（6）任督二脉周流就是大周天形成，而小周天的路线只限于腹部前丹田（关元）、后丹田（命门）、下丹田（会阴）、神阙（肚脐）小范围的运行才是小周天。

还有一些运行办法这里不赘述了。

上述几种，以一、二种练者为多，且有典籍可考，第五种次之。而第四种虽路线具体又有理论依据，但对初学者特别是自学者困难较多，不易为大多数人掌握。第六种运行法是小腹内行周天，为武术家练基础功（充实丹田之气）用，均为单传口授，无典可考。

这里还须注意行周天功的路线，都是先由后向上（督脉）运行，再由前向下（任脉）运行。古称"逆运河车"，"顺则凡，逆则仙"。在运行路线的宽窄、粗细、深浅等方面并无具体要求，每个人功夫体质不同，气运行的感觉不一样，不能强求一致，否则会引出偏差。无论酸、麻、胀、疼、冷、热、跳等感觉都属正常，有不必怕，无不必求。

3. 所谓"闯三关"问题

练周天功初期，有少数人在元气循行时，有几个部位感觉运行速度慢（像蜗牛爬行），有的走走停停，少则几小时，多则几天或几个月才能通过。这几个部位多见于督脉的尾闾（尾骨部位）、夹脊（后背正中第七胸椎部位）和玉枕（后头枕骨粗隆部位），故称三关。三个部位中，又以玉枕通过最难，个别练功者气行到此部位时有头胀等不适感。后来有人主张这个部位要闯一下才能通过，其实不一定要闯，闯字里面有较强的意念活动，闯不过去又是偏差的苗头。过三关完全靠元气充沛之时，自然通过。停滞不前可以用疏导，搭鹊桥（舌抵上腭）沟通，也有的是因元气不足，必须继续扎实练功，千万不要揠苗助长。笔者依据师传认为，功练至此必用"虎啸龙吟"之法，即以意识和呼吸过关，因涉及具体微妙方法，难以形诸文字。

从临床观察中发现，出现所谓三关不通者多数在练功前看一些周天功之类的书籍，或听过个别人介绍练周天功要闯三关。所谓"闯"字作为一个信号留在这些人意识里，又贯穿其练功过程中，给练功者和指导者带来烦恼和麻烦。特别值得注意的是，一些自学者都是在出现偏差后才告知医师。所以我们在专业机构内教功时，初期一概不讲什么气运行或要闯三关之类内容，而是任其自然，功到自然成。

临床曾用两组对照，一组是知道"闯三关"，一组不知道"闯三关"或没接触过气功的。结果第二组没有要闯的感觉，没有冲头现象，只有少数人头微胀，通过了则立即消失。只是这一组周天形成要慢一些，一般要半年左右时间。因此，我们主张不过早让病人通周天，不讲"闯"之类词，避免产生偏差。元气发动时，指导医师要及时查功，巡视、陪功（和病人一道练功），身传口授，及时指导。同时还要注意中医的辨证选功，有的气质（神经类型）不适合练周天功则要改用其他功法，尤其青少年更要慎重。因为周天功在过去是中年人（40 岁以上）的练功法，这时人体精气衰退，需要固精补漏，即"练精化气，练气化神，练神还虚"。目前我们大多数用的只是固精和炼精两部功，至多是练气化神为医疗保健之用。练神还虚这一步是临床上不提倡的，当然个别练功家除外。

还须说明的是，周天功气的周流与否与临床疗效并无重要关系。任督周流说明有了功夫，但不是百病皆除，周天功不通也可以治病保健。20 世纪 50 年代曾在临床进行两组对照，内养功不行任督交流，强壮功行任督交流，100 天后疗效无差异。

4. 周天功的疗程和功时问题

古时的周天功，能否形成要练 100 天筑基，气功疗养院在 20 世纪 50 年代制定的三个月为一疗程，也是根据这个 100 天和民间治病经验而定的。实践证明 90—100 天，大多数对症病人都可见到疗效或痊愈。功时（每次练功的时间）应在每日 6—8 次，每次 1 小时。少于这个功时，疗程要延长。这里有个功时长疗程短，功时少疗程要延长的辩证关系。古时练功家要在深山僻静之所修炼，每日除睡眠、用餐外，几乎都在练功。有的夜间也练功（子午功）。所以每日只练1—2个小时，想100天通周天多是困难的。我们也曾见到练三年才打通周天，也有打坐十多年一直没有周天运行，但身体却很健康的例子。练功的时辰（白日练与夜间练，上午与下午、餐前与餐后等），也要考虑。古代人很注意练功的时辰，现代有一些气功师仍在坚持子午功或寅时功，也不无道理。

5. 周天功的呼吸和意守问题

气功临床应用周天功的呼吸法有三种：第一种自然呼吸法（也称正呼吸或顺呼吸），同平时的生理呼吸一样，要求均匀、细稳、静而无声；第二种是停顿呼吸，每次呼吸后或呼吸之间稍停顿，停顿可由几秒到几十秒，这个间歇是谓"沐浴"；第三种是逆呼吸，较少用，它的形式与平常呼吸相反，吸气时腹肌紧张下凹，呼气时腹肌松弛凸起，此种只在固精、治疗遗精等症时应用。此外还有胎息，则不在临床应用之例。

周天功的意守重点是丹田（印堂为上丹田，膻中为中丹田，气海为下丹田。另说印堂为上丹田，关元为中丹田，会阴为下丹田。本功法取第二种丹田部位）。元气充实后引任督周流时，意念重点是周天运行，意随气走。周天功纯熟后意守重点还放在丹田，少许意念放在周天运行上。而修炼的练神还虚高级阶段不在此例。练神还虚是道家养生内丹功的必然归宿。

五、太极内功的查功方法

太极内功常用的查功方法有四种，即望、闻、问、触。

（一）望诊

就是观望的查功方法，是临床最常用的一种。无论是新练功者还是经久练功者，都适用。有经验的气功指导者，往往只用一个望诊，便可以正确地指出练功者掌握是否得法以及入静程度。

望诊主要是看外表形态、姿势是否合乎要求，全身肌肉是否放松，精神是否紧张，胸腹部的起伏情况，呼吸是否平稳合乎要求，有无拿劲憋气现象，面部气色是否正常；不合乎要求的应及时纠正。

（二）闻诊

闻诊主要是听呼吸有无声音，是否通畅及粗细、长短、快慢。尤其在练抓闭、吐纳呼吸法时，闻诊检查更为重要。对功中腹鸣、关节响动等都应予以注意并及时向练功者解释清楚，说明这种现象是练功过程中可能产生的，不可追求，也不必疑虑。

（三）问诊

问诊主要是听练功者自叙病情变化、功中反应，以供指导者参考，以便给予及时的纠正和指导。在问诊中应注意对一些功中反应不可多问，也不可暗示性提问，以免掩盖真相或使练功者追求某些指导者提出来而自己又未达到的功中反应。

（四）触诊

触诊就是用手触摸，一般触摸腰部和腹部，检查练功者的呼吸情况。尤其是在练带脉和吸贴抓闭两步时，要以手触法检查气的运行情况和功夫进展速度。触摸时，手下的感觉是当练功者吸气时腹或腰部的气可将检查者手顶起来，功夫深的检查者的手用力压挤会感到练功者的腹和腰像木板一样坚硬。指导者可根据触诊情况决定是否加添新功法。

检查方法，是以两手（或一只手）四指轻抚于练功者的腰部（命门两侧），检查抓闭呼吸持续时间和带脉充实情况。如吸气时，只有小腹起来，后腰部鼓不起来，说明气已贯丹田而未将带脉充实起来，还要练抓闭呼吸。另外，用双手检查时，可一只手放于小腹部，另一只手放于腰部，进行触摸检查。

关于内功的腹部坚硬，需要略加说明。当年武学大家孙禄堂向前辈宋世荣请教自己已"腹坚硬如石"，是否达于至境时，宋先生曰："否！否！汝虽气通小腹，若不化坚，终必为累，非上乘也。"之后，宋先生指导孙氏说：有若无、实若虚。养气功深，贯内外，平有无，至大至刚，直养无害，无处不有，无时不然，卷之放之，用广体微。心在内而理周乎物，物在外而理具乎心，内外一理而已矣。孙禄堂闻之彻悟。笔者当年受教于李经梧老师时，老师曾让我触摸其腰腹，确乎达坚硬如石，而转瞬老师让我再摸，则柔软如绵。以孙氏所述证之，可见老师有若无实若虚、卷放自如的内功境界。当然，内功是循序渐进的，也是从无到有又从有求无的。但初期必求其有和实，终则求其无和虚，这是不易之理。学人应弄明白，不可错置。

六、练内功应注意的事项

练功注意事项指练功前、练功中和练功后应做和不应做的事，无论初学者还是长期练功者都要加以遵循，以保证练功顺利进行，取得祛病健身长功效果。分述如下：

（1）练功要树立战胜疾病的信心，消除顾虑，不可三心二意，去掉疑虑和杂念，尽快进入安静状态，有利练功。

（2）功前半小时停止一切较剧烈的体力和脑力活动。了解自己病情和选择功法的操作内容，做好入静准备如：喝点开水，解好大小便等。

（3）练功中禁忌穿紧身衣裤和当风而坐（卧、立），练动功禁忌当风而立，以免受凉。要宽衣解带，如解开纽扣、腰带等，除去首饰、眼镜、手表、义齿、假发等物，以免影响练功入静和气血运行。

（4）练功中禁忌追求所谓"八触"和心随外景以及所谓"入幻"。功中出现一些景象也不可恐惧，任其自然消失。

（5）练功者注意调理饮食，应营养丰富但宜清淡，禁食肥甘辛辣食物和饮酒吸烟。大鱼大肉食用过多产风生痰，于练功不利。

（6）禁忌房事过度，治病练功者要隔绝性生活，病愈后要有节制。从古至今练功者都重视此点。同时注意不可久卧、久坐、久站、久行，要动静结合，练养相兼，劳逸适度。

（7）练功房内温度不可过高或过低，保持空气流通。避开坏天气和嘈杂环境练功。狂风大雨，雷电交加之天，无论室内外都不宜练功。动功宜在早晨的树林或避风的平地练功，尤其不可以在穿堂风处练功。

（8）禁忌饱食和饥饿时练功。随功法不同又各有禁忌，如空腹不练内养功，饱食不练强壮功，癔症、癫痫病人不练自发功等。

（9）禁忌在大喜、大怒、大悲、忧伤、惊恐、过虑等七情干扰时练功，精神不集中易引起偏差，待心情平静之后再练功。

（10）初练功者不可乱用未经实验证明有效的功法和练功口诀，禁忌朝学夕改乱试功法。

（11）练功前排净大小便，功中不可久忍二便，久忍二便可引起腹胀、腹鸣，影响入静。

（12）练功期间禁忌看惊险和刺激较强的电影、电视、小说，以利入静。

（13）练功时禁忌昏沉入睡和贪恋功中景色。昏沉和入睡不能收到医疗效果，功中出现欣悦、舒适之感不可随意加长练功时间，练功一般最多不应超过两个小时。已入静者，他人不可干扰，要保持环境安静。

（14）注意有病练功无病保健的区别，两者练功要求不同，不能强求一致。同时注意体育气功、武术气功、医疗气功三者的区别，不可盲目乱试功法。

（15）病愈后仍要坚持练功，巩固疗效，避免病情复发。但可以适当减少练功时间，每日至少坚持一个小时的练功。

（16）在练功中或练功后有了突然的病情变化要及时查找原因，以便做出诊断及时治疗。气功是身心锻炼医学，不是药物，但在病情变化时不排除药物及其他方法的综合治疗，以便缩短疗程，提高治疗效果。

（17）有条件的话在练功期间可以配合"药膳"或"食饵"疗法，把一些治病的药物做成"菜"；把一些食物又做成"药"进行服食；但要少食多餐，以加副食方法在每日上下午练功之间各加一项副餐，有利练功和疾病早愈。无条件的可以简单食物代之，如每日上午 10时、下午 4 时可加用 1—2 个鸡蛋或馒头片，白开水少量也可。

（18）练功注意男女区别，如妇女在月经期间可以照常练功不必间断，但要减少意念活动（意守下丹田时），以免引起经量过多或经期延长。妇女怀孕期可以照常练功，有助于分娩和防止妊娠性高血压。

（19）注意用实事求是的科学态度研究应用内功方法，关键看疗效，坚定信念但又不迷信。

（20）在气功与体育、气功与武术、气功与按摩、气功与针灸、气功与布气等锻炼中，要注意各自的锻炼目的不同，特点不一，最好要由有经验的人进行指导，以免结合不成反而引起"走火入魔"状态。

（21）在练整套太极内功的筑基功这一步时，必须禁止性生活一百天。筑基功完成后，进入活练阶段也要适当控制性生活，这样对身体健康有益，对功夫进展有促进作用。

（22）临床运用本功法，必须以静练为主，动练为辅，健康人则动静相兼，循序渐进。功夫是经久锻炼得来的，不可急于求成。

（23）功中产生的异常景象和感觉，都不必恐惧，对舒适感也不可过分贪求，宜专心练功。

陈式太极同门"全家福"，1982 年于天坛。二排右起：陈豫侠、肖庆林、田秀臣、洪均生、李经梧、雷慕尼、李中萌、邓捷，三排右一冯志强、右二陈小旺，前排右一马虹，右二至右八均为李经梧弟子。

（24）抓闭锻炼开始，时间不可过长，应量力而行。最初一次可3分钟左右，逐渐增加到10分钟，最长不超过15分钟。

（25）带功练拳，开始可在抓闭后能练几节就练几节，练完后再抓闭。一次抓闭练不完一趟拳，可分两次、四次。最初练简化拳，有基础后再带功练传统套路。

（26）意守上丹田法不宜早练，无人指导不可盲目练功，本步功必须在指导下进行。过去多用在技击上，目前一般练功者可以不必练习。

（27）在练功期间，女子月经期可以停止活练式，改用静练式。在休息几天后再坚持活练。在过劳、过悲、过怒、过忧、过喜、过思及受惊恐吓后，都要暂时停止练功，待心平气和后再练。

（28）在治疗期间可以配合针灸、按摩、药物、理疗等疗法，以利缩短疗程。生活上要有规律，饮食上有节制，不过饥过饱。有突然病情变化者，要停止练功，进行必要的检查，明确病变性质后，在医师的指导下进行练功。

（29）技击可以提高锻炼兴趣，在锻炼过程中可以适当参加推手活动。但必须明确是以治病健身为目的，技击是治疗手段，是提高锻炼兴趣的一种方法，因此，在锻炼中也要加强个人品德修养。

（30）太极内功的整个过程，是个艰苦的锻炼过程，必须树立坚强的信心和有顽强的毅力。"冰冻三尺，非一日之寒"，凭一时高兴或图一时安逸是不会练好身体和练好功夫的。半信半疑又是锻炼中的大敌，所以在锻炼之前，必先树立必胜的信念。

七、太极内功指导原则

（1）无论选择什么功法，都必须充分发挥病人的主观能动性，解除病人的悲观消极情绪和半信半疑心理，正确认识疾病，尽快掌握气功这一治疗方法。

（2）使病人在治疗时期，尤其是在集中治疗时期，处于安静的环境之中，避免外界不良干扰。解除病人思想上的及全身肌肉紧张状态，突出强调虚静为主。练功者进入虚静状态，达到"精神内守""恬淡虚无"的状态，使经活脉开，气血通畅。

（3）意气相合，要以练意为主，以意来领气。锻炼时要循序渐进，不可急于求成。有些患者往往容易把内功看成是单纯呼吸锻炼，每次练功都是尽量使小腹隆起，似乎肚子鼓得越大越好，结果出现偏差。因此，要循序渐进，不可急于求成，不可离开意识强行练气。

（4）只动不静，久了会产生疲劳，只静不动，久了会使人消沉，只有动静相兼才能达到体适神逸、精神轻松愉快的境界。所以不能只强调动练或静练，指导中要注意这一点。

（5）太极内功的练习要注意健康人和病人的锻炼区别，不能一样对待。因为一是以治病为目的，一是以健身防病和增强拳术技击能力为目的，两者的目的不同锻炼的方法也不同。

八、站式练功方法介绍

下边介绍的功法是李经梧老师当年得自师传的原始太极内功练习法。

（一）练习步骤

（1）调息：立式姿势为无极式，与太极拳预备式相同，用自然呼吸法进行调息，使心神达到安宁，心平气和，体态舒松。

（2）吐浊气：用意念将胸腹中浊气由口向外吐出，越细越长为佳，最好做到周身吐空为止。所谓吐空是指意念上把自己体内的浊气吐空，然后再做第二口。初练可三四口吐完。久练一次一口即可达到吐空。

（3）凝神：无极式站立。用意推动两眼之光，把视线向前方最远的地方放出，寻找一个固定目标如月亮、星辰、山川、胜景、花朵、江河、湖泊或天际线等，采取其精华进行凝视。即凝神聚意于一点之后不停地往回收，把视点收回离眼约1.2尺左右的地方停住。精神贯注，两眼目不转睛地盯住，约3—5分钟可产生一个像气球一样的气物。

（4）采气物：气物出现后，再把凝成之气物，用眼神和意识送入会阴（在人体二阴之间）。操作法：用鼻子吸气，在吸气的同时，头慢慢下垂，垂到鼻对肚脐为止。两眼垂帘看会阴，舌贴于下齿与齿龈之间。开始锻炼，3—4口即可，最后一口达到为止。

（5）吐纳：口对会阴，细长吐气。吐的第一口开始，随吐气的同时身体下降（下蹲），至两膝发酸为度。用意推动气下降到足心（涌泉）。纳气：用鼻子吸气，以意引导气由脚到腿，经会阴到命门（后

丹田），如此周而复始地吐纳。锻炼时间长短，以两膝发酸不能支持为度。

（6）内转法：将吐纳的吸气引导到腰部，再向中丹田（腹部）吸气。待气充实后，再以意引导气由内里小圈从里往外，从左向上向右螺旋式转36圈，之后再从外向里由大圈转小圈，仍从左向右转24圈回到原处，这是转大周天的数字。女性练法与男人不同，先从右向左向上，由内向外转，再从左向右，由外向内转，圈数与前同。最后，意气均回到中心，吸回丹田，稍停即放松。此为丹田内转法。

（7）神通于背：由吐纳之吸气不放，再以意领气至背部，使气达于夹脊，此即神（气）通于背。姿势有：静练式取站桩，动练式取活步。

（8）灵机于顶：由吐纳之吸气不放，在神通于背的基础上，再引气由背上行到后头部的玉枕穴、头顶的百会穴、前头的印堂穴（上丹田）。功至此步利弊兼有，无人指导千万不可操练。

（二）内功与太极拳的配合

通过古今实践证明，只求调息静坐，而不使身体适当活动是有偏差的，久了会使人消沉，但是只求动不求静也会使人产生疲劳。道在阴阳动静间。因此，必须内外合一，动静相兼进行锻炼。现在流行最广的太极拳运动，就是配合内功锻炼最理想的外功。二者实际是道家功法的内外动静功的两部分，分则为二，合则为一。现在常见的太极拳运动实质上大多已经欠缺了其内在功法（内功）部分，变成了只练外不修内的"操"或"舞"，不能不说是一种遗憾。

内功产生的年代比较悠久，《黄帝内经》已有记述；外功从出土文物上看产生年代也比较久远，此点从《马王堆三号汉墓帛画导引图》上可以得到证实。而整套太极拳的形成或许晚一些，有关文献记载在隋唐时代已有太极拳雏形，而一般认为太极拳形成于15世纪左右。它是综合当时各拳术家手法、眼法、身法、步法等动作，结合古代导引术（俯仰屈伸运动肢体）和吐纳术，以及武术运动中的意识、动作、呼吸整理出来的一整套锻炼方法。有关研究尚无定论，但太极拳锻炼方法上的整体性和内外统一性，确实成为一大特点。

太极拳动作的圆形、弧形、螺旋形运动和伸缩转折，始终用意识引导气血循环周身，达于"四梢"（两手两足），配合腹式呼吸使内脏做自我按摩运动又与中医的气血学说和经络学说有着密切关系，所谓医武一源。

太极拳本身虽然已经包含了治病保健的因素，但在过去主要用于技击。在动作上有快有慢，有发劲，有蹿蹦跳跃，特别是陈式太极拳讲究刚柔并济、快慢相间。20世纪50年代太极拳为适应时代需要，逐渐演化为治病、保健、防止早衰和延年益寿的套路，成为全民健身运动的体育活动之一。这就是流行的动作轻松柔和、速度均匀、连贯圆活，不纵不跳的各式太极拳。这种医疗保健性的太极拳分为杨架（架式开展大方）、吴架（架式紧凑小巧）、孙架（架式步法灵活）、武架（架式更为紧凑），后来又有赵堡太极拳（架式松柔灵变），以适应不同对象的需要。实际上，还有原始和三丰太极拳流传于世。

50年代中期，国家为了增强人民体质，根据流行最广的杨架编成了"简化太极拳"，易学易练。以后又相继编制了四十八式、八十八式等套路，供广大爱好者学习之用。

太极拳练习中的柔和性、连贯性、圆活性、完整性的特点，又决定了它在锻炼方法上对姿势动作上的种种要求。气功是静中求动，太极拳是动中求静，一是内功，一是外功，一是静功，一是动功，内外合一，动静相兼，真乃珠联璧合。如果注重气功与太极拳的配合练习，对于防止疾病复发，增强体质，乃至加强技击功力方面都会收效显著。

如果单独练太极拳，不配合内功，尤其是太极内功，便不能使太极拳功夫深入。配合内功练拳可以弥补单练之不足，同时，由于意气的推动，可以增加姿势的优美、柔和、自然、沉着，增加艺术观赏性，这些练太极拳者都有不同体会。练习内功足以充实太极拳功夫不言而喻。

（三）太极内功的"八练""一句话"

（1）八练：练内、练外、练静、练动、练意、练气、练精、练神。

（2）一句话：通过八练的手段，采取八结合的方法，最后达到五用的目的，即用于治病，用于保健，用于技击，用于固精，用于修身。

（四）太极内功与抓闭固精修身养生

抓闭固精、修身养生是本功之特点之一，过去古法虽有固精修身之说，但很少有详尽文字记载，多凭言传口授。有的方法不仅不能达到固精修身目的，反而使精气耗损更大。李老师多年带功练拳体会至深，抓闭固精、修身养生的方法还是比较可靠的一种。所谓抓闭固精修身，就是利用太极内功中吸贴抓闭的锻炼方法，功夫达到一定深度再用于固精化气。练过长久太极内功的人，是不难掌握这种方法的。

在指导练太极内功时，有阳痿、遗精、早泄的病人，都能得到治愈。正常人练功后，很少有遗精现象或者根本无遗精现象，这并非性欲减退，而是由于长期练功的结果。性欲要求完全可以由人的意识来支配。所以，我们敢于向大家介绍这一方法，并非夸大其词。关键是要掌握得法，运用正确。怀有贪欲的人是很难学好这种方法的，甚至会有害于身体。因此，习武练功之人必修武德，庄子所谓"技进乎道"，道德为功夫之本。

（五）太极内功与人体潜在能力

太极内功是师传口授的练功夫的方法，师辈没说这种功法与人体潜在能力有什么联系。可是在练太极内功达到一定功夫时，在身体内有一些特殊的不同于平时的现象，过去叫它是气的作用，这也许就是现在科学家所说的人体潜在能力。李老师介绍个人体验，可供有志于此者研究参考：

> 当我练太极内功达到抓闭这个阶段，带脉充实，抓闭后气由命门领气到夹脊、双臂、双手。在这时摸不到我的脉搏（桡动脉）跳动，有时虽能摸到也很微弱。当抓闭功一停止，脉搏跳动立即可以摸到。这也许就是医生所说肌肉紧张所致，即由于肌肉紧张而掩盖了脉搏的跳动。我们练功夫的认为这是气的作用，有了气不运用它不能有什么作用，当你用意识去领它，也就是练功家所说的以意领气，气领到身体什么地方，那个地方就有一些特殊感觉和特异的现象。太极内功由于锻炼方法不同于其他功种，锻炼目的不同，在

感觉上也不一样，在特异现象上也不一样。太极内功锻炼的最终目的是提高拳术技击水平，加强爆发力，也就是这种功夫一来，气便立即产生，气在意的引导下可以达到指定部位，意到气到，比平时力量加大几倍甚至能增加几十倍，其效力惊人。这正如拳论中说的，"以意行气，气遍全身"，"意到气到，气到力到"。这种意气功夫不固定在一个部位，用在手上则手的力量加大，用在腿上则腿的力量加深，用在肘上则肘的力量也加大。由于意的变化而气行的部位也更换，而且这种气的运行非常快，在技击中表现得最为明显。人的意念最快，练之既久而功深则意气劲力高度合一，内劲外放甚至不可思议。

在个人的主观感觉上，这种特异感觉就是和对方接触时（推手或散手），局部感觉特别灵敏。拳家常说的一句话叫"听劲"，也就是"要看功夫有没有，搭手便知有没有"。意思就是双方通过手的接触后，便能通过意气的功夫查知对方功夫深浅。而这种功夫也是太极内功练久后的又一种特异现象。甚至双方只要稍稍接触一点皮肤也能查知对方功夫及其意气劲力的动向，察微知著"一片神行"。

须注意的是，这种特异体象只有在练功时或技击运用时才有，平时不练功或不运用，这种特异现象就很快消失。同时，当练太极内功到气贯丹田时，小腹及腰部有热感，抓闭呼吸时背部和双手有热感，时有微汗，其他人可以用手触摸得知。

此外，还有一种过去从不能外讲外传的练功效应，就是涉及男女阴阳之事。在男女交合（性生活）中，由于有抓闭功夫，可有提肛缩睾感觉（一种反射作用），这对排精有控制作用，养生家把这叫"固精养身"，这就是"留之则养身，施之则生人"。

李老师的上述体会是真实可信的，凡李师门下弟子坚持练功者均有同样体会，只是程度有差别而已。人体潜能很大，还有赖现代科学研究求证。古来养生家莫不重视保精养气，精力充沛才能神气十足，青春不老，老而弥坚。所有练功法最终都要落实到精、气、神这里，方法万千，途径不一，大道归于此一。"方便有多门，归元无二路。"祛病保健，养身摄生，太极内功无疑是一个上乘功法。

九、持功练拳与内功心法运用

（一）持功练拳

前面提到练习太极内功达到一定程度，可以持功练拳，也叫带功练拳。怎样才能把内功带到拳架里呢？过去拳家有这样一句话："入门引路须口授，功夫无息法自修。"持功练拳也必须由老师指导，在这里尽可能用文字把具体操练方法介绍出来，便于大家学习。

在练太极内功时，必须按步骤，一步一步地扎扎实实练完。当练到动练式时，有的人可能在吸贴抓闭、充实带脉或神通于背阶段，身体内部产生一股特殊感觉，有的发热，有的发胀，有的发麻如同传电一样，有的则像有一股内在动力推动两上肢活动，而本人并不觉用力。我们把这种由于练内功而产生的感觉或动力，称之为气，这是练意练气的必然结果。当然有些练功者是达不到这种要求的。

当出现这种气的感觉时，要不失时机，抓住这时产生的气，吃住功夫，也就是不让这种气消失，利用这种气去练拳，这就是持功练拳。持功练拳开始时，也分几步进行，以免走弯路。

1. 第一步

当练功刚产生气的感觉时，立即由太极拳的起势开始练拳，最好是先由简化太极拳开始，这趟拳比较短，容易练习。在初期产生的气大多数持续时间不长，可能练到 4—5 节或半趟，气就又消失了。气一消失拳就停止，再抓闭练功，当气再次产生时又可持功练拳。第一步不可贪多，也不可贪功，每次不超过 10 分钟，每日不超过 3 次。另一种方法是，当气产生后能练几个式子就练几个式子，气消失后可照常练拳。锻炼次数同前。

2. 第二步

练功后气持续的时间比第一步稍长，能坚持到练完一趟简化太极拳，或者能练完半趟八十八式太极拳。每次不超过 20 分钟，每日不超过 3 次。如果想多练拳架则不在此限制之内，因为这时产生的气微弱，还不能贯满全身。这时可以采取持功练拳和不持功练拳交替进行。比如一日两次持功练拳，两次不持功练拳。

3. 第三步

练功后产生的气持续时间比较长，有的气已能达于四梢，也就是说气能达到手指和足趾的末端，肢体感觉也比较明显，如有手掌发热或发胀等感觉。到第三步后，一般都能持功练完一趟八十八式太极拳或传统杨、吴、陈、孙式等套路。如果为了巩固功夫，可以每次练两趟拳，每日两次。如气只能持续练一趟拳，则也可采取持功练拳和不持功练拳交替进行。

4. 第四步

练内功后，或不练内功，只要用意引导，体内马上有气感。这时的气比较大，并能随意识控制，可按意识引导到身体的各个部位，如腿上、腰上、肘上、臂上、腕上、掌上等等部位。当气到时感觉增加了力量，正如拳论指出的"意到气到，气到力到"。

为了让大家学习，附上持功练拳的部分拳照供参考（见下页图）。本组拳照采用陈式太极拳，当然哪趟套路都可以带功练拳。

从下页所附拳照图"单鞭"开始，利用太极内功意念的锻炼，采用导引运气法，把气由足引到腿部上行到腰部，立即充满前后丹田，也就是带脉充实，充实后再用抓闭法，抓住气，吃住功夫，开始持功练拳。在用文字说明这个过程时，有些烦琐，而在应用时只是个几秒钟的事情，如果功夫纯熟，只是个一瞬间的事，这一点须加以注意。

在持功练拳过程中，要按太极拳的要求、要领、注意事项去练。如练时要全身放松、不用拙力、呼吸自然、以意行气、上下相随、周身协调、内外合一、完整一气等。本文就不再过多介绍，可以参照有关太极拳专著进行修炼。如果是持功练其他拳路，如形意拳、八卦拳等则应按各自的拳法要求去练。

单鞭

肘底捶

退步压肘

披身捶

（二）内功心法运用

在李老师《太极内功》（人民卫生出版社 1986 年版）一书中，主要是突出了太极内功的健身内容，在功法上也是侧重于祛病保健方面的介绍，虽然也偶或提到技击功能，但是基本上没有具体内容。要知道那本书的初稿完成于 1960 年，那是国家大力提倡武术健身化的年代，人们对谈武多多少少是有所规避的。再者，李老师 20 世纪 50 年代末调到气功疗养院工作后工作内容等发生了重大转变，成为医疗体育界人士，因此学术立脚点也必然变化。当然也要承认，作为老一辈武术家、太极拳界名宿，李老师也必然有他那一代人的作风，对于来之不易成之有年的内功武技，自然不会轻泄。这是当时的主客观条件所决定的。笔者以为应该正视并理解这种"保守"。李老师公开发表内功的保健部分及内功功法，已经比较难得。李老师于十余年前已归道山，这次重新整理出版太极内功一书，我们只能根据所知适当介绍有关内容，限于种种原因，仅略作披露，请读者谅解。

（1）内功练到丹田、命门充盈后，便有了相当的基础和"资本"，这个资本是病体变健康，常体变内壮，腰脊劲力增加。至此下一步是要继续在带脉上和脊背上用功。

当命门充实饱满后，除可引气上行贯脊、通臂指外，还需要继续充实带脉。方法是意气抓闭在命门处后不放，再吸气用意由足心涌泉上提到命门处，之后以意由命门为中心向两侧带脉路线贯气，觉得气不足了就再拿住不放，仍意识由涌泉处向上提同时吸气到所拿住之处，继续贯气，如气不够，仍拿住不放，再吸气以意上引补充。如此循环充实带脉，直至整个带脉（腰围）充沛饱满为止。注意：千万不可急于求成，要循序渐进，水到渠成。道家功夫最忌违背自然，如急于求成易生流弊，无益有害！每次练功约 5 分钟，可逐渐增加到 15 分钟，不可过长。神意专注，但肢体要放松。

（2）带脉充实后则进行下一步练习：将意气由肚脐部位（包括神阙、关元、气海部位）向后腰部命门处吸缩，此时吸气，吸至极处（阴极）便开始呼气，同时放开收回的肚脐腹部，至呼尽松开为止（阳极）。此为一个开合，也即一个呼吸。如此反复做，逐渐增加

次数。每次练功不可超过 15 分钟。这种功法练习古人叫"肚脐找腰眼"，也叫"丹田吸命门"，长期练习可加强"内动"，增强"内气"和"内劲"。我们知道，人体肢体上的肌肉是随意肌，可由神经意识支配，而腹腔内联络脏腑的叫不随意肌，不能由神经意识支配。内家功夫训练就是追求"内动"，即让不随意肌能动，达到"内壮"。从根本上讲，太极拳功不追求肌肉发达，而是追求筋膜气脉强壮柔韧和通达，包括不随意肌强健，这是十分重要的！这也是内家上乘功夫所要求的。内劲也是由此产生的。所谓"拿住丹田练内功"即有此内容。据师传，丹田不做功，到老一身空。丹田如有功，变化妙无穷。

（3）一旦丹田开合达到一定程度，就可以内气外放、内劲外施，产生超常功力。除了前后丹田运动，下面就应该练习左右运动。方法是左腰右腰抽换，把意气引动左右位置，时间也以 15 分钟为限。这些开合呼吸的紧密配合才是外形动作开合的根本与原动力，才是由内发外的程序。太极功夫要求内外合一，内动带动外动，一动无不动，一静无不静，关键在此。这是判断太极功夫的一个入门证。

（4）上述功法是有心法支配的。拳经谓"先在心、后在身"，此之意也。用心意指挥丹田命门运动，谓之"心法"。太极内功心法在"拿住"、在圆活、在守窍、在动静，要用心练拳练功者在此。个中心法实多而微妙，限于篇幅仅述如此。要强调的是充实命门、丹田、带脉，最后要练成一体，过程只能分述，结果必需周身一家。一动无不动的一动是一阳生，一静无不静的无不静是太阴，阴阳转换，刚柔

本书编著者梅墨生 1988 年与老师李经梧合影。梅墨生（左）说：一年内四次梦到老师，每次醒来双眸微湿。

第一编 李经梧传太极内功

并济，才是太极，只说一面非太极。内功心法是二又是一。习者需用心悟用体察，才能功夫上身。功夫上身的标志是百脉皆开、诸经通畅、体健神足、手脚轻灵、丹田充实、动之微发之骤、先知己后知人、有守中用中之能力与境界。

（5）中丹田是做功之基本，但非全部。功夫深时，当浑身无处不丹田，古人所谓"物物一太极"，李老师常讲："太极无招浑身是招"，"太极无手浑身是手"。丹田即手，手即丹田，身为太极。

十、练功入静层次及其方法

（一）入静层次

太极内功与其他功法一样，都是在"三调"的基础上达到入静。入静的快慢、深浅关系到气功治疗和保健的效果。本节的重点就是讨论气功入静的问题。

"入静"这一名词已在气功学术界中通用。它原是道家术语，《资治通鉴·唐僖宗光启三年》胡三省注："道家所谓入静，即禅家入定（指入于禅定）而稍异。入静者，静处一室，屏去左右，澄神静虑，无私无营，冀以接天神。"儒家入静指静坐，如《大学》里有："知止而后能定，定而后能静，静而后能安，安而后能虑，虑而后能得。"这里说的是儒家对入静的要求和应用。其他如医、释、武、俗等家，对入静各有自己的要求，这是因为他们修炼的目的各有不同。

"入"是进入，"静"是安静。功中入静就是把散乱的思维活动，通过特定的手段如调整姿势、呼吸、默念字句、意守丹田、目观鼻准等，使肌体放松，杂乱的思维活动相对减少，最终达到入静，使人体内产生一种特殊的生理效应而达到医疗保健、益智延年、陶冶情操和涵养道德的目的。这点已为古今练功家所证实。

在临床应用中发现，由于选择功法的不同和修炼时间的长短，入静的快慢、深浅，也就是入静的层次也不尽相同。虽然这种入静指的是精神活动的寄托所在以及守住与否，目前没有统一指标，但从古今练功家的经验和临床实践来看，气功的入静深浅层次与功效有密切关系。入静快见效快，入静深疗效高，不入静则疗效差或无效，杂念多则易出现副作用甚或导致"走火入魔"的偏差，严重的可加重病情等。

怎样才算入静，其层次怎样划分，各家认识不一，有二层、三层、五层等分级法。医疗气功入静的分类法，我们认为以三级分层法较为适宜，易于掌握和推广。层次太多过细不利于多数人学习应用。下面就介绍一下入静的三级分层方法。

1. 初级入静的思维与功象

初学气功者往往有个过渡阶段，这时表现为能初步切断杂念。初学者时常有杂念袭来，心律不齐，有眨眼动作，呼吸有时急促，意守困难。

（1）能基本控制意念，可勉强守住丹田，有默念活动而不散乱，功时不长，偶有心律不齐，呼吸比较平稳。

（2）不默念也能安静，思维不乱而轻松，功时稍长。

（3）意守达到似有似无，绵绵若存，思维尚存，但茫漠不分轮廓，功时较长，呼吸平稳。

以上三点逐一达到，就说明已达到初级入静的标准。

2. 中级入静的思维与功象

（1）思维近似终止，练功者的身、息已似乎不存在于空间，似与大自然混为一体。心律整齐，缓慢。

（2）功中先后出现各种练功反应，如"八触""十六景"等。

（3）各种感觉逐渐消失，只有轻微思维存在，完全入静。此时基础代谢趋于降低，达到"恬淡虚无，真气从之"的境地。

3. 高级入静的思维与功象

（1）在完全入静中，部分修炼者又可产生异常反应，如少眠、思维敏捷、清晰，能控制思维活动，以及控制自身脏器功能等，如使血压降低或升高，心跳次数减慢等。

（2）出现特异现象如返观内景隧道，所谓"五通"。

（3）更高级入静，达到"明镜高悬"，即鸟来影显，鸟飞影空，镜面上不留任何痕迹，"无私无营"甚或有全身透明光照之感。基础代谢明显降低，心律、呼吸次数明显减少，达到"胎息""真人之息"状态，可连续静坐几个小时或更长时间。

从实践来看，气功入静中的各层次包括入静初期的过渡阶段，都有医疗保健作用。

1953 年首都武术社成立时合影，前排坐者左二为李经梧、左四为陈发科、右一为孙枫秋，二排右四为冯志强。

疗效最为明显的是气功入静的初级和中级阶段，练功入静者 40 日后可见初效，再 30 日后多数病症好转，少数可获治愈，100 日后大部分患者病症显效，半数以上可获治愈。气功入静的中级阶段，不仅有医疗保健作用，还有健脑益智的作用。而入静的高级阶段比较难达到，此时主要有陶冶情操、涵养道德和引发出特殊效应（特异功能）的作用。

气功入静指标还没有客观标准，目前对练功者脑电变化的观察，初步认为可作入静的客观指标。功中入静时，脑电图波幅可增到 150—180 微伏，各区域脑电波同步性提高，入静越深则同步性越强。但这并不是入静的唯一指标。另外，还可引起生化方面的变化，主要是气功锻炼有素者，当深入入静后基础代谢明显降低，脑的耗氧量比清醒状态下正常人低约 16%，而正常人熟睡状态脑耗氧量比清醒状态只低 10%；此外还测到其甲肾上腺素的代谢水平是正常人的 60%，明显降低；而五羟色胺代谢水平是正常人的 2—3 倍。这些测验虽只是初步的，但为寻找气功入静指标及探讨气功机理开阔了途径。古人认为乌龟的生物状态符合摄生法则，能量消耗达到最低，正是以吐纳和入静赢得长寿，因此称为"龟息"。传统养生法就是从仿生学角度

"象天法地"，"远取诸物、近取诸身"的。

（二）入静方法

既然入静是练好气功的关键，与疗效又有密切关系，怎样才能更好、更快地进入入静状态呢？下面我们就介绍几种有效的方法。

（1）意守丹田法。意是意念，守是守住。丹田有内外之分，练功家现在练的多是内丹田。丹田就是产生"内丹"元气的部位。太极内功的丹田部位有：前丹田（关元）、后丹田（命门）、下丹田（会阴）、中丹田（关元后命门前会阴上膻中下部位）、上丹田（两眼间祖窍）。也有其他说法，如百会为上丹田，膻中为中丹田，脐后腰前为下丹田等。另外其他功法也有不同的丹田部位如：气海、神阙、涌泉等，都可以意守。意守丹田就是把意念活动寄托在身体丹田部位上，以利排除杂念，顺利入静。意守部位也要注意按病症选择。

（2）舌动法。就是在练功中，随呼吸配合舌尖起落。如吸气时舌尖抬起抵住上腭，呼气时舌尖落下，也可在呼吸之间舌尖抵上腭。还有一种是舌尖抵住上腭不动，下功后放下，也称"搭鹊桥"可以接"天河水"。在练功中舌动与舌抵上腭可以排除杂念，帮助入静。

（3）默念字句法。练功时选择有益于身心健康的字句，进行默念。如"自己静坐内气生""自己静坐身体好"等。字数不宜过多，一般以不超过 12 个字为好。初练者从 3 个字开始，逐渐增加字数。默念是练功初期排除杂念的常用方法。

（4）数息法。就是在练功中默数自己的呼吸次数，从一数到百或数到千，亦可周而复始，便可以很快入静。

（5）听息法。就是在练功中听自己的呼吸，使精神集中，协助入静。

（6）意守外景法。因某些原因不能意守丹田时，可以守体外景物，如意守大海、松树、鲜花等。把意念寄托在体外某一景物上，也可以达到入静状态。

（7）意守脏器法。由于某脏有病，在练功中可以直接意守某个脏器，如意守肝脏、意守肾脏、意守心脏等。也可以用观想脏器法。这种方法不仅有利入静而且可以使气至病所提高疗效。

（8）诱导法。练功时双手放于小腹上，诱导气入丹田（形成腹式呼吸）或用按压解溪导引、语言暗示等，则叫他人诱导，也是入静的常用方法。

（9）放松法。又分部位放松、分线放松及脏器放松几种。此法多用于练功初期，精神紧张或某些病症如高血压、局部疼痛等。放松法是通过意念来完成的，吸气时不予以注意，呼气时配合默念一个"松"字，周而复始，即可入静。

（10）声音诱导法。在练功中可以轻声（自己能听到）诵读字句，也可以听钟摆之声，这也是帮助入静的很好方法。

（11）咽津法。练功开始先搅海（舌体在口腔中搅动），生津液后，分三次用意念送入丹田。也可用意念吞日、月、星、光等，都可帮助入静。

（12）吐纳入静法。练功开始可先大呼大吸3—5口气即可帮助达到入静。

以上是常用的入静方法，可任选一种或几种同时进行，但一般不宜超过三种，否则会人为地增加杂念反而不利入静。

十一、功态反应及纠偏

（一）功态反应

太极内功最常见的反应有以下几种：

（1）练功入静后，意气下沉，全身关节肌肉放松后，有精神轻松愉快的感觉。

（2）由于呼吸的锻炼，腹肌伸缩的幅度加大，胃肠蠕动加强，促进了消化吸收的能力，而使饮食增加。另外，由于新陈代谢旺盛，头发、指甲、胡须生长比平时快，面容光泽红润，眼睛有神。

（3）由于长期循环意守，可感觉有一股热流随气沿两下肢走动，足心发热，有时出汗，有的热流可随气一同循环。

长期意守命门、腰部及前丹田，则会前后贯通发热，如热流从命门发散到前腹及会阴，最后热流遍及全身呈放射状。

（4）在抓闭呼吸锻炼时，气达到背部也叫神通于背，此时背部开始发热，热流上行达到两肩并推动两肘、两手，手及臂发热发胀，比平时有力。抓闭的同时还有提肛、缩睾的感觉（肛门括约肌收缩，睾丸上提）。

（5）带脉充实之后，气贯全身，腹部周围似有一条敷带相护，内里又似有一触即发的鼓荡劲或鼓荡气。

（6）长期练功后，有的人平时不思小饮（即很少喝水）。

（7）内外合一后，带功练拳很少疲劳，动作连贯自如，增加了体态造型的优美感。

（二）练功偏差及纠正方法

练功中出现的偏差多是由于练功者选择功法不当，或心理障碍、神经敏感、意念过重而引起的。

1. 出偏原因

综合起来，常见导致偏差的原因可分以下几种：

（1）功法选择不当：气功流派繁多，功法复杂。医疗气功应用原则是辨证选择功法，如果选择功法不对症可引起偏差。

（2）追求幻觉：练气功过程中，常出现一些功中感觉，古代称为"八触""十六景"等，有人知道后在练功中盲目追求而出偏。也确有人因出现幻觉而产生恐惧，难以控制而造成偏差。

（3）乱试功法：少数人只为猎奇，追求外表形态，朝学夕改，乱试功法而引起偏差。

（4）以偏概全：一些人不了解气功基本概念及专业知识，而以偏概全，认为只有"动"，或只有"静"才是气功，从理论和操练上形成了错误心理而引出偏差。

（5）违反气功禁忌原则：某些气功禁忌证如癔症、精神分裂症；某些疾病的发作期，如心肌梗死、癫痫等，这类病人不宜练功，如盲目练功常可出现偏差。

（6）急于求成：练功时需心、息、身三者结合进行修炼则能功到自然成。个别修炼者不了解气和意的修炼原则，揠苗助长，乱用意念领气以至违反气功修炼的自然规律，而引起偏差。

（7）功中受惊：练功环境不安静，有意外响声，突变的天气如雷电、狂风、暴雨等，有时也可以引起偏差。

（8）七情干扰和温度不适，练功房间阴冷或当风而练，或受喜、怒、忧、思、悲、恐、惊七情的刺激之后练功也可出现偏差。

2. 常见练功偏差的类型及其纠正方法

（1）走火。

有的练功者练到一定时期，可产生"热流"或"热气团"，在体内发热流动。若在气流的流动中鼓动肢体微动，这是正常现象，但肢体大动不止，不能自己控制者则属偏差，古人称之为"走火"。另

第一编 李经梧传太极内功

外，意念过重也会造成神经迷乱也被称为"走火"。

纠正方法：

① 放松意念活动，守窍不可过死，要"似守非守、勿忘勿助"。

② 对功中产生的热气团、气流，不惊慌、不追求。

③ 肢体微动时不用意念引导，任其自然产生和消失。

④ 动象加大或不止时，立即睁开眼，意守丹田或向远方凝视。

⑤ 严重时停止练功数日或改变功法。

（2）冲头。

少数练功者，功中气流上冲头部而感到头胀、头晕或头痛。极少数人数日甚至数年不能恢复正常。

纠正方法：

① 不可在功中有意强行引气，气产生后不可用意念去乱领气行。

② 气冲头痛可用舌抵上腭把气接到任脉中。

③ 头部胀痛时可请医师从旁点或导引行气。

④ 气冲头严重时可适当练些放松功纠正之，或意守涌泉。

⑤ 个别情况可停止练功或配合药物对症治疗。

（3）入魔。

个别练功者，在练功时可能出现一些类似精神异常的胡言乱语、手舞足蹈或翻滚跌爬甚至裸露肢体等难以自制的现象，但心里尚明白，停功后能回忆；或静功时出观奇异景色的幻觉而惊恐昏厥等，主要是误以幻象为真实，追逐之。

纠正方法：

① 当幻觉之景、乱动之象一旦发生时应立即睁开眼，向远方凝视。

② 动象不止者改换功法或停止练功。

③ 用诱导功。

④ 严重者配合药物治疗。

⑤ 长时间大动不止者（超过 24 小时以上），可让有经验的气功医师点、针灸、语言诱导等纠正之。

（4）走泄。

走泄也称"走丹"。练功中不能固精而有遗精、滑精现象，严重

的导致精疲力竭，有害身体，不能坚持练功。

纠正方法：

① 正确理解气功中精、气、神的修炼内容及其方法，不可随便参阅古书或道听途说盲目修炼。

② 轻度滑精可用吸、贴、抓、闭四字诀法纠正，每日练2—4次，每次5—10分钟，或在将遗精时练。

③ 严重者可配合揉丹田、按摩肾俞、揉搓阴囊睾丸方法。

④ 欲遗精时用右手中指点会阴。

（5）气乱窜。

少数练功者在练功中自觉体内（腹中或腰部）产生热气团如火球，走走停停，有的热气烫人难以忍受，有的胀满不堪无法练功。亦有的在练功中受凉感冒或衣着不当，觉冷气在全身乱窜，致全身发凉或腹泻不止等。

纠正方法：

① 改变意守部位（可守外景）。

② 放松意守，配合放松功。

③ 因病引起者可配合药物或针灸按摩调整。

④ 因气团热烫者可配合鼻吸口呼法，或口吸口呼法，每次3—10分钟。

（6）诱发或加重病情。

选功不对症或指导不当，部分练功者可加重病情或诱发新病，常见的诱发病如癔症、精神分裂症等，如肝病、冠心病、脑血管病或癌症晚期由于练功不当可加重病情，甚至导致死亡。

纠正方法：

① 练气功者要遵循辨证选功原则。

② 青少年和有癔病史、精神分裂症史的患者要慎重选功，特别是对自发类气功和周天功更要慎用或禁用。

③ 已加重病情或并发症者，一旦发现立即终止练功，入院检查治疗。

④ 对不适合气功治疗的病症，不可强求疗效，应改用其他方法治疗。

（7）意念重、呼吸不得法引起不良反应由于意念过重、调息不得法而引起的胸闷、腹痛、气促、心率加快等症状是较轻的偏差。

纠正方法：

① 按照身、息、意的修炼要领去练。

② 练功不可急于求成，要循序渐进。

③ 针对出现的症状，找出有关原因纠正。

④ 个别患者出现症状可临时用药物给予纠正。

（8）练功出现口干舌燥或唾液过多。

由于练功不得法，或某些病症引起口干舌燥，或口水（唾液）过多甚或流涎不止。

纠正方法：

① 口干舌燥者，因病情引起的可采用内养功第一种呼吸方法（硬呼吸法，即吸气时舌抵上腭，停顿时舌不动，呼气时舌落下），唾液会慢慢产生，同时练功前饮些白开水。因呼吸不得法引起的，可将口轻轻闭上用鼻呼鼻吸的方法。

② 练功中因意念过重，少数人唾液产生过多时要放松意念，同时把口轻轻张开，停止舌动，用口吸口呼。不可用莨菪碱类药物，以免影响练功。

（9）练功出现昏沉或阳举。

练功中入睡或昏沉者多发生在卧式或坐式时，出现这种情况很影响练功的效果。

纠正方法：

① 可改变练功姿势或舒展活动一下肢体即可纠正。

② 若因闭目思睡，可睁开眼帘，并配合默念字句、数息、听息（听自己呼吸）等方法纠正。

由于练功中元气充实，各种生理功能旺盛，阳举是其中之一，个别阳举几日不减弱，应及早给予纠正。

纠正方法：

① 因意念引起的要放弃意念。

② 由于练基础功使体质加强引起者，应变换功法，练精化气，充实丹田及命门之气则可以纠正。

李经梧 太极 内功及所藏秘谱

③ 阳举几日不减弱者，要用吸、贴、抓、闭四字诀纠正，或用右手中指点会阴。

④ 如无意念而阳举在古代有时也称"活子时"，可即时"采药"炼化，但功法为丹功，需有师指点。

太极内功其实很少出偏，我们尽量介绍一些可能出现的偏差，是有备无患而已。少出偏，正是太极内功的一个优点。

十二、太极内功在临床上的应用

太极内功应用于临床，还只是 20 世纪六七十年代的事情。从它的锻炼步骤来说，适应范围是很广泛的。过去虽然也用此法治疗不少患者，但未做病历记载。从临床治疗效果上看是令人满意的，它对许多慢性病都有效，并以高血压、神经衰弱、肠胃病、阳痿等症效果最好。

由于太极内功之功法较复杂，步骤较多，兼以动静相兼，各步功法有各步的要求，所以在临床应用中可根据具体情况，采用功法中的一步、一个姿势或一个意守法或一个呼吸法，进行实践。

太极内功的姿势，一般可按下列原则选用：

（1）卧式为主。适用于身体虚弱、年老气衰及重病者，胃下垂、胃溃疡、十二指肠球部溃疡、心脏病（冠心病、风湿性心脏病）、肺结核、高血压、脑动脉硬化症、脑血栓形成后遗症、自主神经功能失调、失眠等均以卧式为主，辅以坐式和靠坐式。

（2）坐式为主。适用于一般病情较轻，体质尚好，或经过卧式治疗有一定效果者。坐式可与卧式、站式配合。另外，神经衰弱、遗精、阳痿、关节炎、月经不调、附件炎、风湿症等病症都可采用坐式。

（3）靠式为主。主要用于治疗较重的高血压患者、脑血栓形成后遗症的半身不遂和较重的神经衰弱和失眠患者。辅以卧式和站式。

（4）站式为主。适用于身体较好，病情较轻、疾病单纯的患者，神经衰弱、失眠症、高血压、早期脑动脉硬化等症都适用，配合抓闭呼吸治疗遗精、阳痿、早泄效果最好，可以固精养身。辅以坐式和卧式。

在姿势的运用上不可机械固定，而应依照病情、体质、锻炼目的等不同灵活运用。运用中既要使病人感到舒适自然，又要达到锻炼要求。练功的姿势和疾病的关系是相对的，不是不可变的。一种功法可以治疗一种疾病，也可以治疗许多种疾病；一种疾病可以用一种功法治疗，也可以采取多种功法治疗，这就是功法上的临床辨证施用。

此外，太极内功还有它独特的系统锻炼方法，这就是除了治疗上可以灵活选用功法外，在用于强身保健、增强太极拳技击能力方面，又必须严格遵循锻炼步骤，由低到高，循序渐进，逐步提高。

太极内功的呼吸，也是分步练习。在临床应用中，可依据病情、病种、体质等灵活选择。如果是用于保健强身或增强拳术技击能力，必须按规定依次锻炼。太极内功操作法中介绍了七种呼吸法，即自然呼吸法、导引运气法、抓闭呼吸法、喉头呼吸法、意识呼吸法、内转呼吸法、沉气呼吸法。这七种呼吸法除沉气呼吸法外，另六种呼吸法是太极内功锻炼中由浅入深的六个不同阶段。在临床上，可根据病情任选一种呼吸方法进行练习，不必逐一都练习。如沉气呼吸法，可以作为各种功的准备呼吸，适用于初期练功者、老年虚弱者。各种病症均可选用这种呼吸方法，而它又主要治疗高血压、脑动脉硬化、神经衰弱等。经临床实验证明，这种沉气呼吸法对高血压症有很好的疗效。

导引运气法可以治疗溃疡病、胃下垂、自主神经功能失调、失眠、关节炎、高血压等，对失眠也有较好的疗效。

抓闭呼吸法主要治疗阳痿、遗精、早泄、胃下垂等。内转呼吸法可以治疗消化不良、肠炎、月经不调、附件炎等。导引、抓闭、喉头、内转等呼吸法又可以作为巩固疗效强壮身体之用。总之，对呼吸、姿势的运用，要根据辨证施治的原则，结合临床具体情况灵活掌握。

太极内功的意守要与姿势、呼吸法相结合，尤其是与呼吸方法结合最为重要。因为气离不开意来引导，而意又无时无刻不在领气，意气相依不可分离。它的运用原则和呼吸方法基本相同。如高血压患者采用意守解溪法或涌泉法，失眠患者采用命门连线意守法，遗精、阳痿患者采用意守命门法，妇女病症采用意守前丹田（关元）法。带功练拳、技击采用神通于背和喉头呼吸法、意守上丹田法等。

一般而言，体质允许的情况下，以站式功法最宜，因为太极内功以打通经脉、通畅气路而令百脉通达、阴阳平衡而健康，站式最利于通脉活络。以动静相兼为特点的太极内功，一般不产生偏差，关键在于水到渠成、顺乎自然。不管是呼吸，还是姿势，皆以自然舒适为度，贵在持之以恒。将之融会到日用恒常之中则会逐渐显现疗效，意念上也不要急于求成。"病来如山倒，病去如抽丝"，祛病健身是一个系统工程。这一点很重要。

十三、太极内功与针灸结合

　　祖国的传统医学针灸疗法，主要是通过针刺，使经气疏通或气至病所而达到止痛、治病的目的。这种循经传感古代已有详细记述，近代又有新的研究。在临床观察中证实，"气至而有效"，"气至病所"疗效更好，这说明针灸可以激发经络之气，并使经气运行通畅，从而达到治病和提高抗病能力的目的。就是说，气功是通过意守、呼吸、姿势的锻炼而使内在经气主动运行，如大小周天运行就是任督脉经气周流等。而针灸则是通过针刺而使经气（被动）疏通。两者的手段不同但目的都是活跃经气或激发经气。

　　但是，在应用针灸治疗时，并不是每个人、每个穴位都能得气，这是为什么呢？究其原因，除要选穴准确、补泻手法适当、认症无误、针灸时机恰当外，还有一个非常重要的但已被世人所忽略的意气行针法。这种意气针刺手法，不只是通过针刺一定穴位，调动病人自身经气运行，而且是施治者在施针法时把施术者本人的意气通过针体传导到病人穴位上，使病人的经气得到激发或恢复，增强医疗效果。这在临床上是有很多例证的。

　　目前，在临床上很少有人使用这种意气针法，关键是没有能够掌握内功，如不抓紧抢救继承，这一遗产就有失传的可能。

　　众所周知，气功疗法是以练意、练气为主要内容的，当修炼到一定程度，有了功夫，产生了内气，这时以意领气，气流可按练功者的要求而运行到全身各个部位。手是气最容易运行到达的部位，气功医师在用手给病人治病时，就是先把气运到手上，然后才能给病人治病。而针灸医生在使用这种意气运针法时，医生本人有内功功夫，先把气运到持针的手上，而后进针，把手上的气通过针体传导到病人的身上。当然这种气和气功师手上的气一样，不能被眼睛所见，只能用一些科学仪器探测出来，也可以被受治者所感知。接受这种治疗的病人，能感觉到进针后有热流传入身体，给身体带来舒服感、麻胀感等。这也是用医生手上的正气去驱赶病人体内的邪气，扶正祛邪，从而达到治疗疾病的目的。所以说气功的内功与针灸术有着密切的关系。

关于气功与针灸结合的方法和应用，从历史上看，有许多传统针法均属此列，如"无极针法""意气行针法""意气合一针法"等。

无极针法是从道家口传继承下来的针法。"无极"为"太极"之先，是古代哲学名词。道学认为"太极本无极"，"太极者，阴阳之母也，动之则分，静之则合"。在太极拳运动中依此理论进行锻炼，"一动无有不动，一静无有不静。"在无极针法行针时，不用施捻转手法，而是靠布气进行治疗。如果进针后施行捻转等手法即有阴阳（补泻）变化，不能叫无极了。

意气合一针法，是指行针时要求患者配合，主要指患者的意念配合，注意力集中排除杂念。这样施术时患者会感觉到医生的布气，从而可以较快地激发其经络之气以达到治疗疾病的效果。

根据临床经验和练功的体会，将几种气功练法和临床应用介绍如下：

（一）意气针法基本功锻炼方法

（1）闭目瞑心坐：盘膝、平坐均可，双目轻闭，舌抵上腭，齿轻叩，口唇微开一缝。肩背放松，气沉丹田（关元穴），心不乱想，意守丹田，自然呼吸，吸气小腹隆起，呼气小腹凹陷，呼吸要悠、匀、细、缓、静。

每日坐2—4次，每次40—60分钟，本功法练30日左右，为练内气之基础功法。

（2）太极站桩（也称混元桩，手也可抬与胸平抱圆）：站立，双足分开一横足，头正直，双目闭合，舌抵上腭，全身放松，呼吸与意守同静坐法，双手微抬起，虎口相对，置于小腹（前丹田）前，似抱一太极球状。

每日 2 次，每次 20—30 分钟，练 1—3 个月。本功站到一定程度，内气激动，出现肢体微动，双手上下抖动。这种抖动似有意又似无意，一般几分钟后即可自行停止。手抖动或甩动后有热胀感觉，这是内气向外发放的一种初级形式。

（3）合掌领气法：站立姿势同太极站桩法。双手于胸前合掌，腹式呼吸，意守双掌。双手合掌时可稍用意和用力，这样可引气到手，而使手开始抖动。这种抖动比太极站桩的激烈，但大多双足不离原地。但要注意双手合掌时用力不可过重，过重则动起来很剧烈，容易产生疲劳。一般只动 3 分钟左右（有的体质差，只能动几十秒钟），很少有超过 5 分钟的。

（4）掌板发气法：也叫指板练气法。制作 50—100 块与本人手掌大小相似的木板（一般宽 15 厘米，长 20 厘米，厚 1—1.5 厘米）。练功时，手置于木板上，手指及掌心紧贴于木板，然后以意引气到手，令手发出微微颤动，木板也随之颤动。发气力大时，木板颤动幅度大，并有咯咯响声。当气力发放完后，手的颤动会自行停止不动。开始先从一块木板练习，手有力后再加添木板，最多的可加到几十块，据说能练到 100 块，但很少有人达到这种功夫。锻炼时左右手交替进行。

（5）太极拳法：从略。可参看河北大学出版社 1993 年版《李经梧传陈、吴太极拳集》和当代中国出版社出版的《大道显隐——李经梧太极人生》二书，以及本书拳照部分。

（二）意气针法在临床上的应用

一般在锻炼 100 天后，大多数都可以运气行针。常用的有无极针法、意气行针法和意气点穴法。

（1）无极行针法：操作时与传统手法一样，只是无极针要求"手不离针，针不离手，以气运针，手到病除"。进针时手握住针柄，直刺入穴位后不捻转，留针时手不离针柄，一般留针由几十秒到 3—5 分钟，起针后再针第二个穴位。在行针时，要求医师精神集中，"手如握虎"，以术者之气通过针体传到患者穴位内，以施术者之气来调动病患者之经气。这种针法，得气也起针，不得气不施手法也起针，取穴多选用背部的夹脊穴和俞穴，也可用于耳穴。

（2）意气行针法：施术手法和无极针法相似，所不同的是在进针后施用补泻手法，意气与手法相结合，以激发病人的经气。同时告知病人配合，调动病人体内之气与医生的意气相结合。这样针刺入穴位后，气至迅速、疗效高。病人的意气很重要，是提高疗效的关键之一，不可忽视。

意气行针法的手法除直刺外，捻转、提插，以及呼吸、迎随补泻手法均可应用。但必须注意手不离针柄，气至后手仍握针柄30秒至3分钟左右，再留针10分钟或立即起针。但因施术者有某些原因，如患病、疲劳等，不宜发放外气时，不要勉强应用意气针法，可改用普通针法。

（3）意气点穴法：用于惧怕针刺者或临时急救之用。运用时和意气行针法的领气一样，只是不用针，而用手指代针进行点、按，以达到治病目的。多用右手食指或中指，操作时要轻点穴位，不可粗暴过力，以免损伤软组织。这种意气点穴法要用的是"气"，而非靠"力"，其他则同上。

运气施针法是运用术者本身之内气，补益、调整患者之经气，多为补养调理作用。故治疗需用泻法时，一般不用本法。

（三）气功针法基本功锻炼方法的选择

上述的几种基本功锻炼法不必全部按顺序锻炼，而是依据医师本人体质情况选择其中的一种到两种即可。一般没学过气功的可以从闭目瞑心坐开始静练，待有了一定感觉，如元气比较充实，气可在体内循经流动，或有发热、发胀等感觉，再选择动功锻炼，以利将内气布散出来。经过几个月的锻炼，能布气后，每日仍要坚持练功作为保健之用，使术者有较好的体质，充沛的精力和元气，以保持布气的效果。

初学者闭目瞑心坐法可与站桩法结合锻炼，两个功法可以交替练习，如每日上午练静坐，下午练站桩，也可以上午练一次站桩和一次静坐，下午也用同样方法锻炼，称为交替锻炼。多数在三个月左右可

李经梧
太极
内功及所藏秘谱

以达到布气阶段。

合掌领气法，用意念较重，发动较快，一般练习 3—5 天即可发动，意在双手，故手先抖动，继而带动全身，动起后双手不可分开以免气散。如抖动过剧可睁开双眼，以免摔倒跌伤。这个方法得气和发气快，但比较累，达到能布气阶段要 1—2 个月的日程。

掌板发气法，过去武术家常用来锻炼掌力，近代按摩师也采用此法以提高按摩效果。但这种锻炼法比较费力和艰苦，没有毅力是练不成的。其优点是练成后掌指力量大，不仅可以行意气针法，且可以为病人按摩，如震颤按摩法就是由此法锻炼而来的。

太极拳法为多数人所接受，其优点是动作柔和连贯，行云流水，连绵不断，而且具有很高的协调性和平衡性。锻炼时强调用意（思想集中）不用力，要求一动无有不动，一静无有不静的全身性整体运动，有动有静，动静相兼。同时要求动作与呼吸结合，气沉丹田。步法虚实分清，手眼相随，意到气到，气到力到，以意行气，气遍全身。因此，这种意气的锻炼可以由手掌或手指布气于人。尤其是太极拳以用掌多、用拳少的特点对意气行针极为有利，这就是过去认为会拳术的人行针术疗效较好的原因之一。

作为意气针基本功锻炼，一般以八十八式、四十八式太极拳为宜。架式并无规定，当然能持功练拳（带内气练拳）对布气的作用更大（可以参考太极内功锻炼方法）。一般经两个月左右的锻炼可以达到布气阶段，个别体质好、练功得法者可以提前。

在动功中除上述列举的以外，还可以从砂袋法、石锁法、易筋经、八段锦、六字吐纳诀、本能运动等功法中任选一种，作为基本功锻炼，也可以达到布气阶段。每日练功 2—3 次，每次不少于半小时，锻炼时间最好选择在清晨，可以补充体内元阳之气。

附运用太极内功治疗及与针灸结合治疗病例

病例 1：曹××，男，49 岁，中学教师。

主症：患者初起有时眩晕、失眠、心悸，继而出现记忆力减退、纳差、乏力，心率每分钟 85 次，律正，无病理性杂音，血压 170/100 毫米汞柱，曾用中西药物治疗，效果不明显，而试用太极内功治疗。

诊断：（1）高血压Ⅰ期；（2）神经衰弱。

治疗：开始先练太极内功准备功，以靠卧式为主，每日3次，每次15~20分钟。意守涌泉法三天后改用靠坐式，并用命门、会阴、涌泉连线意守法，沉气呼吸，每日3—4次，每次20—30分钟。第四天血压下降到150/90毫米汞柱，头眩晕好转，每晚能入睡5—6小时。练功到第十日，血压降到130/85毫米汞柱，食欲增加，心悸消失，每日入睡7—8小时，精力开始恢复。3个月后恢复正常工作，并坚持练功，追访10年未复发。

病例2：刘××，男，48岁，干部。

主症：上腹疼痛、呕吐，以食后疼痛为重三年，伴有食欲减退，乏力，心悸，失眠，消瘦，体重49公斤，血压105/70毫米汞柱，心肺正常，上消化道钡餐检查，十二指肠球部溃疡，轻度变形。

治疗：按太极内功锻炼要求，分步、分阶段进行。经100天全套太极内功的治疗，钡餐复查溃疡消失，体重增到60.5公斤，血压115/80毫米汞柱，出院后能坚持日常工作，追访3年未复发。

病例3：李××，女，34岁。

主症：半年来，月经过后，淋漓不断，腰酸痛，面色白，全身乏力，心悸气短。妇科确诊为功能性子宫出血（中医诊断为崩漏症），用太极内功意守关元法。每日3次，每次20分钟，1个月后症状减轻。第二步改为意守命门法，经2个月治疗后，月经恢复正常，上述症状完全消失。

病例4：周××，男，30岁，农民。

主症：新婚一年，因阳痿、滑精夫妻感情不和，求治心切，回顾阳痿已有10年，并有手淫史。

治疗：先练太极内功的意守会阴法5天，每日3次，每次20分钟。然后练吸贴抓闭呼吸法，每日练4—5次，每次练5—10分钟。嘱治疗期间严禁房事。经5个月的治疗，滑精消失，性机能恢复正常。

病例5：褚××，男，40岁。1971年起因生气致左半身不适，有

气走串感，时有胀痛，脉弦滑，苔薄白，证属肝气郁结。

治则：疏肝解郁理气。

取穴：合谷、太冲（双）、内关、足三里、三阴交（均左侧）。太冲用泻法，不宜用意气行针，针刺入穴位后即留针不动；足三里、三阴交、合谷刺入穴位后，手不离针柄进行意气针法。

反应：针刺入足三里用意气行针后，即有一股热流（病人自述）从足三里处通到膝关节，又由膝部到腹股沟（髀关穴处）。继续施意气行针手法，可使热流上行到左腹（天枢穴处）。最后热流缓慢地上下流动，这个流动的线路恰恰是针前感到不舒适的部位。此例在出现针感后即打嗝、排气，半身不适感消失。每次针10分钟，3次治愈。

病例6：潘××，女，36岁。一日突然头晕，天旋地转，不能睁眼，伴轻度耳鸣，恶心呕吐，咽干，脉弦细，舌质红。证属肝阳上亢。

治则：平肝潜阳。

取穴：太冲、风池、肝俞、太溪、通天。其中太冲、风池、肝俞用泻法；太溪、通天用意气行针法。

反应：针太溪后意气行针3分钟，眩晕减轻、呕吐亦止。通天穴意气行针约4分钟，即能睁眼坐起，再继续施手法脑后即有舒适清新感。一次治愈。

病例7：韩××，男，10岁。左侧颈部疼痛，不能转头，欲回头时须连同全身转动，已有七天。外观头歪向右侧，左颈肌紧张，触摸疼痛较剧。证属风寒侵袭颈背，局部经气受阻。

治则：祛风散寒，舒筋活络。

取穴：耳穴颈椎，用意气行针法。

反应：刺入穴位后，手搓针不放，待耳热发红时松手，嘱患者转颈。只行针1分钟，头即转动自如，疼痛完全消失。一次治愈。

病例8：赵××，女，32岁。因不慎扭伤腰部，疼痛逐渐加重，行走、梳头受限，不能大声说话和咳嗽，由人搀扶而来诊。证属经气运行受阻，气血瘀滞于局部而致病。

治则：舒筋活络，消瘀止痛。

取穴：意气耳穴点压法，用食指尖（或拇指）在患侧耳穴颈椎颈点进行点压。

反应：点压数秒钟后，耳郭很快发热充血变红。点压约 1 分钟，疼痛完全消失，活动自如，未用任何针法，一次治愈。

第二编 李经梧习武心得及陈式太极拳照

太极拳的要领、要求、特点和体会

■ 李经梧

这里简单地讲一讲太极拳的要领、要求和特点。

要 领

第一，立顶。头不前俯后仰、左偏右斜、轻松地竖立起来，不要用力。习称"顶头悬"，意为好像悬在半空一样。很多拳种也讲究头要直，但要求用力。这不是说别的拳种不好，而是用力对血压高的患者的血压有影响。

第二，松肩。不能理解为耸肩，更不应该误解为往下坠肩。而是肩背放松，不用力。

第三，垂肘。肘关节要有重意。因为打起拳来姿势很复杂，有很多动作不注意就会成为横肘。例如现在普及的二十四式或八十八式，其中有很多的抱球姿势，练习时如变垂肘为横肘，那么气便壅于胸部，一趟拳没打下来就呼呼直喘。太极拳要求虚其胸，实其腹。胸部始终不受气的影响，觉得很轻松。垂肘与松肩是有连带关系的，如果这方面合乎要领，太极拳不管打几趟，周身汗出，但不气喘；否则就难免气喘吁吁了。

第四，含胸。不挺胸就是含胸，很自然地把躯干竖立起来，但不要往里缩胸。

第五，拔背。背指脊椎。用顶头悬把脊椎骨提起来，"上下一道线，全凭两手转"，腰部躯干是直的。太极拳是以腰为轴心来带动四肢进行活动的，因此这个轴绝不能弯。如挺胸或缩胸，则脊椎便不能直。

李经梧1982年与太极同门师兄弟合影，左一翁福麒、左四王培生、左五李经梧、右三戴玉三、右二郑时敏、右一李秉慈。

第六，气沉丹田。丹田指小腹。在立顶、松肩、垂肘、含胸、拔背的基础上，全身都要自然地放松，并自然地呼吸，这样才能气沉丹田。这里讲的气不是呼吸之气，练太极拳、形意拳、八卦掌都讲究练浩然正气，讲的就是这个"正气"，或叫"内气"。《拳论秘本》上有句话："不使气流行于气"，指的也就是这个"正气"。锻炼出来的气不能同呼吸之气一块流通。练太极拳讲"始而意动"，因为太极拳讲究练"意"不练力；"继而内动"，就是紧接着里边的"气"动；"后而外动"，最后才表现外边的动作。

要　求

第一，姿势正确。需要有名师指导和纠正。

第二，意识集中。每一个动作都要意识想着、意识领着来完成。

第三，动作协调。这离开腰是做不到的。必以腰为轴心，腰一动周身都动，"一动无不动，一静无不静"，动中有静，静中有动。腰不动而四肢动，就不会出协调的动作。

第四，节奏分明。每一个动作的中间过程和完成姿势，要做到节奏分明。有人说，打太极拳好像行云流水一样，但不能离开节奏分明这一前提。同时还要注意掌握每两个式子之间似断非断，即式断意不断的关系。

第五，虚实分清。这一点很重要，初练表现在两条腿上的虚实变换。实际上这个虚实不光是在腿上，因为"处处皆有一个虚实"，什么时候都有虚实，两人一搭上手都是以虚化实，以柔克刚。初学一定要掌握好两条腿上的虚实变换，身体的重心是在前腿还是后腿，务须清清楚楚，不能不前不后。"太极者，无极而生，阴阳之母也。"所以只要一动就分虚实，要求非常严格。

第六，连贯圆活。太极拳的姿势由开始到收式，都是前后连贯的。每一个动作的运行路线都呈圆形，不是大圆、小圆，就是椭圆、半圆。例如向前按掌，上肢由于松肩垂肘，因而呈弧形，拉也拉不直。活，就是灵活，特别是肩、肘、腕、指关节都要放松，不能僵劲。再配合动作的圆弧形，就能灵活。

第七，上下相随。指手足有呼应关系。例如搂膝拗步左手往上立掌时，随即把右脚提起来向前弓腿、左手向前按，手按好了，弓步也同时完成了。这样做，脑子需要高度集中在动作上，所以杂念容易排除。

第八，轻灵沉着。练太极拳由轻灵开始，久而久之，练出内劲，每一个动作就会很沉着。

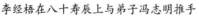
李经梧在八十寿辰上与弟子冯志明推手

第九，速度均匀。不论出掌、出拳、迈步，都要运劲如抽丝，快了怕它断，不拉它就出不来。

第十，呼吸自然。一开始用鼻子自然呼吸。舌尖抵到上齿与上腭之间。随着练拳时间的推进和功夫的加深，会形成深呼吸，即腹式呼吸，并且呼吸和动作会自然地结合到一起。

特　点

第一，柔和。太极拳的架式平稳舒展，动作轻松柔和，不僵不拘，顺人体之自然，无忽起忽落和惊险的跳跃动作，练完后给人以轻松愉快的感觉，因此适合不同年龄、性别、体质的人练习。

第二，连贯。由起式到收式，不论虚实、姿势的变化，前后都是互相衔接、连贯一气的，看不出停顿和接头的地方。所谓"绵绵不断，好像行云流水一般"，正是此意。

第三，圆活。太极拳上肢的动作不是直来直去，而是处处呈弧形，适合于关节的自然弯曲状态。因此，从前有人称之为"圆运动"的。在圆的基础上，全身上下才能协调、灵活，各脏器方能得到均匀的锻炼。

第四，完整。太极拳运动以腰为主，一招一式都由躯干带动四肢进行活动，一动无不动，一静无不静。要求意识和动作一致，上下相随，手足呼应。并且呼吸也随着动作的起落开合，密切配合。内外上下，完整一体。

体　会

太极拳的创造与演变，综合了各家拳术的精华，包括手法、身法、眼法、步法，还结合了导引术、吐纳术，内外合一，浑然一体，从而使其具有很好的技击性和良好的保健性。太极拳的动作作弧形、螺旋形的伸缩转折，始终用意识引导动作，使气血运行畅达，直至四肢末梢，经络得以疏通，病邪庶可祛除。太极拳讲究以腰为轴心，腰的旋转，能对内脏起到轻微的按摩作用，这样就提高了各脏器的代谢能力，以及肠胃的蠕动，促进了消化能力，增强了身体素质。

太极拳不仅能治疗诸如高血压、心脏病、溃疡病、结核病、神经衰弱等慢性疾患，而且适合于各种年龄、性别的人锻炼，与气功疗法有同样的效果。所不同者：气功主静，太极拳主动。太极拳于动中求静，气功则于静中求动。后者的动，主要是指体内的动。可见两者的锻炼方法虽有异，而作用则相同。如能很好地配合，其临床效果较单行一法者尤为显著。经过我们的多年实践观察，深感两者配合有珠联璧合之妙。

（1983 年）

对太极拳缠丝劲等问题的体会

■ 李经梧

　　《体育报》刊载了关于太极拳缠丝劲问题的文章。拜读之后，我认为这确是开展太极拳运动的重要问题，有加以讨论的必要。我曾拜陈发科老先生为师，习练陈式太极拳十四年，对于这套拳路略有体会。在此之前，还曾从赵铁庵、杨禹廷二位老师学习吴式太极拳十余年。新中国成立后，于传教吴、陈太极拳同时，因工作需要，学习并教授国家体委规定的简化太极拳和八十八式。近来又学习了孙式太极拳。所以，对各式太极拳也作过一些比较和揣摩。我不谙太极拳理论，也不懂力学、生理学，但是，在长期实践中积累了若干经验，现仅就这些不成熟的经验，谈谈个人的粗浅的体会。

　　太极拳诸劲中的抽丝劲、螺旋劲、缠丝劲是有区别的。

　　抽丝劲，还是以"运劲如抽丝"的提法为确切，是太极拳运动原则要求之一。练拳时要做到"式断意不断"，匀、圆、稳、健，绵绵不断，既练力更练意。杨、吴、孙各式太极拳，对此要求是严格的，形象是明显的。陈式太极拳对此要求也是严格的，这就是陈发科老师谆谆教导的"练拳要塌住劲"。所谓"抽丝劲"虽然不是用以制胜对方的"劲"，但是，太极拳的实际运用（推手、技击），要求锻炼"动急则急应，动缓则缓随"的功夫，对此"运劲如抽丝"的锻炼占有重要位置。作为体育运动，能够掌握太极拳的这一特点，对于身体的健康也是有很大好处的。

　　螺旋劲和缠丝劲是用以制胜对方的"劲"，当然也是平时锻炼的要求。无疑，对于健身也是甚为重要的。对于这两种不同的劲，我是这样体会的：呈螺旋运动发出的劲，只击打对方的一点，令对方失势或仆倒，都可称之为螺旋劲。这种劲存在于各式太极拳中，以吴式太极拳中的揽雀尾、搂膝拗步等为例，都有明显的螺旋劲。缠丝劲则与此不同，首先，腰腹旋转的运动量大而方法多变。与腰转动的同时腹肌的左旋右转，大小不同的圈交替旋转，并与意结合，确是缠丝劲的特色。这就是陈鑫所谓的内劲或称中气。第二，这样由腰腹发动的劲，经脊背带动大小臂旋转，贯达手指，臂向里转小指扣劲是为里缠丝，臂向外转大指扣劲，是为外缠丝。缠丝劲就下肢来讲，每一个完成式要求大腿带动两膝往外转，做到所谓"归原"，即气沉丹田、圆裆和两腿虚实为三、七成，与上肢的缠丝动作相配合。完成上述的缠丝劲动作，运动量是大的。第三，缠丝劲与螺旋劲最明显的区别，还在应用。缠丝劲达于手指之后，并未结束，不以击中对方一点为目的，而是用带有缠丝劲之手、指，缠住对方的手、指、腕甚至肢体，使对方被缠之处，因我之缠绕成"拧麻花"状而失败。我认为，这就是陈鑫所谓的"太极拳，缠法也"的真义，而这种以缠丝劲为动力的缠法，正是陈式太极拳所独有。

缠丝劲是陈式太极拳的主要特色之一，只有陈式太极拳的套路才能表现这个特色，正像开合手只能表现孙式太极拳的特色是同一道理的。源于杨式太极拳的简化太极拳，是不可能表现缠丝劲的。这不是杨式太极拳或简化太极拳的缺点，而恰恰是它的特点。例如，杨式太极拳中把掤、捋、挤、按有机地组成连续动作，应该说是杨式太极拳的特色之一。各种套路架子是适应各种太极拳运动的具体内容的，这是在长期实践发展中形成的，是合乎运动的规律的。许多初学太极拳的学员和疗养员看过上海出版的《简化太极拳》向我提出：为什么不教缠丝劲？我也曾把各式太极拳加以比较，试图把缠丝劲加在简化太极拳内，经过郑重的试验，结果是失败了。看来，硬加是不行的，违背规律的。若将缠丝劲加给简化太极拳，势必要改变简化太极拳的套路架子的。

简化太极拳是在"大跃进"的形势下，为了满足广大群众的要求普及和推广的。为了利于增强广大群众的体质，从而利于社会主义事业，才产生了简化太极拳。果然，此拳一出，太极拳运动以从来未有

20世纪50年代李经梧与次子李树峻推手

的速度和规模，蓬蓬勃勃地开展起来。忽略了简化太极拳的普及意义和群众性，就不可能正确地理解简化太极拳，对于开展太极拳运动是不利的。简化太极拳同样也是医疗保健体育的重要项目。事实证明，结合其他疗法，确实治好了许多慢性病。如果把此拳繁化，加上运动量大的缠丝劲，年老、体弱的人就不易学习，不好掌握，很可能失去作为医疗保健体育的作用。

综上所述，我认为抽丝、螺旋、缠丝这三个劲是有区别的。我认为简化太极拳硬加上缠丝劲是不可能的。

（1964年）

李经梧陈式太极拳照

1. 无极式

2. 起式

3. 金刚捣碓（一）

4. 金刚捣碓（二）

5. 金刚捣碓（三）

6. 金刚捣碓（四）　　　　　　7. 懒扎衣（一）

8. 懒扎衣（二）　　　　　　9. 懒扎衣（三）

10. 六封四闭（一）　　　　　11. 六封四闭（二）

12. 六封四闭（三）　　　　　13. 六封四闭（四）

14. 单鞭（一）　　　　　　　　15. 单鞭（二）

16. 单鞭（三）　　　　　　　　17. 单鞭（四）

18. 第二金刚捣碓

19. 白鹤亮翅（一）

20. 白鹤亮翅（二）

21. 斜行拗步（一）

22. 斜行拗步（二）

23. 斜行拗步（三）

24. 斜行拗步（四）

25. 斜行拗步（五）

26. 初收

27. 前蹚拗步

28. 掩手肱捶（一）

29. 掩手肱捶（二）

30. 掩手肱捶（三）

31. 掩手肱捶（四）

32. 披身捶（一）

33. 披身捶（二）

34. 披身捶（三）

35. 披身捶（四）

36. 背折靠（一）

37. 背折靠（二）

38. 青龙出水（一）

39. 青龙出水（二）

40. 青龙出水（三）

41. 双推手

42. 三换掌

43. 肘底捶（一）

44. 肘底捶（二）

45. 倒卷肱（一）

第二编　李经梧习武心得及陈式太极拳照

93

46. 倒卷肱（二）

47. 退步压肘

48. 中盘（一）

49. 中盘（二）

李经梧

太极

内功及所藏秘谱

94

50. 中盘（三）

51. 中盘（四）

52. 闪通背（一）

53. 闪通背（二）

54. 闪通背（三）

55. 闪通背（四）

56. 闪通背（五）

57. 大六封四闭

58. 云手（一）

59. 云手（二）

60. 右擦脚（一）

61. 右擦脚（二）

62. 右擦脚（三）

63. 右擦脚（四）

64. 击地捶（一）

65. 击地捶（二）

66. 击地捶（三）

67. 翻身二起脚（一）

68. 翻身二起脚（二）

69. 兽头式

70. 护心捶（一）

71. 护心捶（二）

72. 旋风脚

73. 右蹬一根（一）

74. 右蹬一根（二）

75. 掩手肱捶

76. 小擒打（一）

77. 小擒打（二）

78. 小擒打（三）

79. 小擒打（四）

80. 抱头推山（一）

81. 抱头推山（二）

82. 后招（一）

83. 后招（二）

84. 野马分鬃（一）

85. 野马分鬃（二）

86. 野马分鬃（三）

87. 双震脚

88. 玉女穿梭（一）

89. 玉女穿梭（二）

90. 摆莲脚

91. 摆脚跌叉

92. 金鸡独立（一）

93. 金鸡独立（二）

94. 指裆捶

95. 白猿献果

96. 铺地锦

97. 上步七星

98. 转身双摆莲　　　　99. 当头炮

第三编 李经梧珍藏《太极拳秘宗》及笺注

《太极拳秘宗》之来源

■ 梅墨生

　　笔者于 20 世纪 80 年代中期经吕德和师兄引荐于李经梧老师。后忝列门墙，亲承教诲，得窥太极堂奥。1989 年冬有一次去北戴河见老师（笔者当时生活工作于秦皇岛市），恩师取出《太极拳秘宗》嘱我抄录一份，并再三叮咛说："你有文化（恩师十分尊重文化人），要认真研读，要多琢磨，太极道理尽在其中啊！"我一看是一本很旧的手抄本线装书；虽不破，但边角已毛边。恩师还要求抄完即送回，可见他对此书的珍重。我当时是用钢笔抄录的，月余后便将原书璧还。老师告知，这本秘谱是赵铁庵师爷珍藏的，临别郑重赠他，时约在 1945 年秋。我的抄本一直珍藏身边，偶尔取出翻阅。

　　2003 年"非典"时期居家不出，笔者又以毛笔小楷重录一遍。适有文雅堂主人来访，建议正式印行，我未允；他又提出用宣纸仿真印刷若干，我同意。于是加上朱丝栏原大印刷 20 册，分赠几位师兄同门及个别太极友人，今手头仅存两本。

　　就我所知，老师此书很少示人，便是弟子学生也不是轻易得见。老师允我回去抄录，足见厚爱。在当时，有关秘本面市甚少，益见珍贵。尤觉可惜的是，恩师 1997 年 5 月 2 日归道山后，此旧本已不知去向。亦曾询问老师次子树峻师兄及长女美江师姐，均言不在手中。好在恩师命我手录一遍，得以存稿。冥冥之中，因缘甚妙。笔者虽不才，但少年嗜武好文，近年尤潜心于太极拳习研，偶笔之于文，当年师命或属偶然，而正缘此才使珍贵文献仍保存下来，以供世人研究。恩师所属望于笔者者，复何敢辞！恩师辞世已十三载，旋又近清

李经梧 太极 内功及所藏秘谱

明节，笔者谨以此文纪念恩师。他日或师藏本又能拂尘面世，深期望焉。

李经梧老师所藏《太极拳秘宗》系 32 开本大小，线装手订，深紫红色书皮，约一厘米厚，毛笔小楷，字迹端秀。尾页原跋文为："民国癸酉重阳前七日，铁厂（音'an'，与'庵'字通）兄授以拳术并属抄此谱，遂不敢计字之工拙，敬录以呈。后学弟金宇宗缮本。"由此跋文看来，当年赵铁庵命金宇宗抄录了这本秘谱。但赵给金的底本是何人所藏已无从知晓。有一点是肯定的：金抄本是照底本抄录的"缮本"；应该是全貌，就如笔者当年抄录时一字不漏一样。因此，虽非原本，但其抄录皆忠实底本却是一致的。

1993 年河北大学出版社出版的《李经梧传陈、吴太极拳集》曾摘录了部分《太极拳秘宗》内容。2007 年当代中国出版社的《大道显隐——李经梧太极人生》也选录了部分《秘宗》内容，但均非全貌。

在今天，所谓"秘笈""秘谱"均已披露于世，已无秘可言。先有吴公藻 1935 年出版《太极拳讲义》，但未收入有关内容。20 世纪 80 年代香港再版《吴家太极拳》（前书更此名）时增附杨班侯传吴全佑之"手抄秘本"，即李经梧师所藏本之泰半内容，名为《太极法说》（为论述之便，以下简称"吴本"），封面有吴鉴泉亲笔签名。扉页吴公藻记曰："此书乃先祖吴全佑府君拜门后由班侯老师所授，是于端方亲王府内抄本；在我家已一百多年。公藻在童年时即保存到如今。"1985 年上海书店又影印出版仍名《太极拳讲义》。此书所附《太极法说》算空白页计 47 页；相比于李经梧师所藏本（以下简称"李本"）缺少前边约三分之一内容。2005 年香港杨式太极拳创会会长马伟焕先生转赠我一本有杨振基、裴秀荣夫妇签名钤印的《杨澄甫式太极拳》（再订本）。此书由杨振基演述、严翰秀整理，2000 年中国国际广播出版社出版（初版于 1993 年）。在该书影印的"家传古典手抄太极拳老拳谱"后，杨振基记述："手抄本太极拳老拳谱 32 解长期在我母亲处保存，1961 年末我要去华北局教拳，母亲将此手抄本交与我。由于此本作为自己的内修本也就没有外传，今趁出书之机把它公布，让广大爱好太极拳者藉此有新的思索和提高太极拳理论水平，这是我所盼。"该书影印的"老拳谱"为 42 页（以下简称"杨本"），其抄录内容与吴本完全相同（极个别字有别）。

2008年，太极拳研究家路迪民先生由西安惠寄所著《杨式太极拳三谱汇真》（2008年人民体育出版社出版），其中在"经论谱"部分亦以"杨式太极拳老谱"之名收录杨本，加以标点和误字改正，并附影印原件，可惜字太小且印刷不清。路先生有篇关于"老谱"的《附考》，很有价值。他说："《杨式太极拳老谱》，最早见于杨澄甫所著《太极拳使用法》（1931年），其中载有老谱16篇，没有统一篇，且分布不集中。《大小太极拳解》在76页，《八门五步》等15篇在119~125页。在后来出版的《太极拳体用全书》中，又把该部分内容去掉了。"此外，杨振铎先生所著《中国杨氏太极》（1997年8月世界图书出版公司出版），李立群先生所著《吴式太极推手汇编》（2005年1月山西科学技术出版社出版）等书也选入相关内容。杨著放在开首"杨式太极要论"部分仍称"太极拳老谱三十二解"，并标明"杨澄甫传"。而李著则作为"附录"选入，略加注释，并标题为"杨钰（班侯）传（杨澄甫、吴鉴泉收藏）《太极法说》（另名：杨班侯全体大用诀）"。上述杨家所藏与吴家所藏本内容几乎无异，只是个别字有讹误而已。

此外，顾留馨先生在《太极拳研究》（1964年人民体育出版社出版）中也选录"老谱"14条，注云："此谱系沈家祯从杨澄甫处抄得，共有43篇论文，据云由其祖杨禄禅传下，何处得来不知。"还有就是吴图南先生在民国时期所著的《国术概论》以及后来的有关吴式的著作中（如《吴图南太极精髓》《太极拳之研究》等），也多处涉及"太极拳源流与历史"等内容，而这些内容在李本中也都有。

关于"程灵洗""许宣平""夫子李"等内容，零散见于前人著述中时都明确地称为"宋氏家传源流支派论"；董英杰先生在《太极拳释义》（1997年香港版）中改为"宋氏太极拳源流支派论"。而李本则为"宋氏家传太极功源流支派论"，署名"宋远桥绪记"。这部分内容是杨本和吴本都没有的。李本实际上包括了"宋氏家传谱"与"杨式太极拳老谱"（吴家称"太极法说"）两部分内容。这是目前所知唯一的一个"两全本"。

关于吴本来源，吴公藻先生明确记述是全佑得自杨班侯的端王府

抄本。路迪民先生考证:"杨家将此谱长期保密,说明吴家所藏,不是后来从杨澄甫处得到的"(见《杨式太极拳三谱汇真》),而且杨振基先生的记述也佐证了这一点。不过,杨本与吴本内容却无差别。

据说吴图南先生早在清末时期(约 1908—1909)就从一友人处得到了《宋氏家传太极功源流支派论》,并自抄留一本,同时又抄两本分送乃师吴鉴泉和杨少侯,之后又给纪子修、许禹生各抄一份。此事见于《太极拳之研究》。该书是吴图南先生的弟子太极拳研究家于志均先生 2008 年赠送于我的。该书由吴图南讲解、马有清编著,商务印书馆(香港)公司 2005 年出版。吴图南还与当时这些太极名家去访"宋氏源流"的传人宋书铭。所谓"宋氏"的始祖是明代嘉靖年间的安徽人氏宋远桥。而当时为袁世凯幕僚(相当于机要秘书)的宋书铭即自称是宋远桥的十七世孙。他精研易理,擅太极拳,拳式名"三世七",因有 37 式故名。吴图南等人拿着从友人处所得书去访宋书铭,宋也出示了同样内容的书,但题为《宋远桥太极功源流支派论》。且吴鉴泉、纪子修、许禹生、刘恩绶、刘彩臣、姜殿臣多与之推手而不敌(见许禹生弟子王新午 1927 年所著《太极拳法阐宗》)。据《宋远桥太极功源流支派论》所言及李师融、李永杰考证:"宋远桥既得许宣平'三世七'之传,又得张三丰'十三势'之传"(见《古今太极拳谱及源流阐秘》,台北逸文武术文化有限公司 2007 年 6 月版)。因此,《宋远桥太极功源流支派论》是一件珍贵的太极史料与研究文献。也就是说,李本在目前面世的同类版本中,是相对来说内容最全面的一个手抄秘本。

有必要对赵铁庵略作交代。赵铁庵是吴式拳的第三代传人,清光绪年间生人,为吴氏太极拳"南吴北王"吴鉴泉、王茂斋两位宗师的入室弟子,也是顶门高足。据说,他当年学吴式拳时,六个月都学不会一个"揽雀尾式",老师说:"你就甭学了。"但赵说:"老师那我就跟着吧。"于是此后练拳最早一个来,最后一个走,认真刻苦,寒暑无间,又加天资淳厚,先师王茂斋,继拜吴鉴泉,为习武终生未娶,终成炉火纯青之功夫,尽得吴式拳奥妙。据李经梧师说,赵铁庵长于"七星手"。李师曾在太庙(今北京劳动人民文化宫)亲见赵用吴氏"抱七星式"将一个来拳场挑事的壮汉放出近两丈远。壮汉被发出倾倒在紫藤花架上，时正紫藤花盛开，花朵被震得漫天飞舞，散落一地，而壮汉已不能动弹。据某吴氏传人告知，当时王茂斋有三大高足之说：一为次子王子英，一为赵铁庵，一为修丕勋。而吴鉴泉南下传拳（原是应弟子褚民谊之请拟委之出任中央国术馆馆长，后因故未能就任，此事容另文介绍）时，便邀赵铁庵陪同南行教拳。抗战胜利后，赵拟隐退。有种说法，赵先去了重庆后转道赴台湾，但已更名改姓。另说抗战后不久去世，因其生平行迹神秘，待考。

　　李经梧老师所藏的李本即是当年赵铁庵临别赠与他的珍贵礼物。今日太极拳界知道赵铁庵的人不多了，可在当时他可是吴门翘楚。武学研究要实事求是，尊重历史。尽管赵铁庵后来可能与大汉奸褚民谊有往来，在政治上有不够光彩之处（他与褚同为吴鉴泉弟子，是同门师兄弟），但对他的武功是理应客观看待的。据旧本《太极功同门录》（1929年印，为吴氏同门）载，第一代为吴全佑，第二代为王茂斋、吴鉴泉、郭松亭，第三代第一人排的就是赵铁庵，足以说明他在吴氏门的位置。在印谱的1929年，李经梧还未入门，所以谱上未列名，但赵铁庵门下已有九位弟子（今皆未闻有传人出现），可是赵铁庵却将这本太极拳界珍如拱璧的秘本送给了李经梧。

　　从《同门录》也正可印证李师生前所说赵铁庵是王茂斋、吴鉴泉共传顶门大弟子的史实。正如前述，吴本比李本少了一部分"宋氏源流"等内容，赵氏所藏本之由来我们不易确定。但是据吴图南记述，当年吴鉴泉去访过宋书铭，吴图南还曾将从友人处得到的《宋氏太极功源流支派论》手抄转送给吴鉴泉一本。不知何故，吴本却没有这部分内容。吴公藻记述他家藏本是"吴全佑府君拜门后由班侯老师所授"，那么合理的解释是，当吴家得此谱本时，吴图南从友人处所得本以及宋书铭家藏本都还未出现。全佑拜杨门是在19世纪后期，而吴图南得谱据其自述是在光绪末年或宣统初年（1908—1909），宋书铭出示家藏本约在民国初年（李师融、李永杰考为约1916年前后），因此，现面世的吴本或即确如吴公藻所记述，是很早的。

　　显然，吴本出于杨本。而吴图南本未见过影印本，来处无法详知。李本是赵铁庵所藏，但赵氏当年何所得也无法确知。不过以赵铁庵当年的吴门身份，他的藏本来路推断有三：一是得自吴家，但是将

不同时期先后两部分内容让金字宗合抄于一本上了；二是得自老师王茂斋门，但目前未知同门一脉有此谱传出；三是得到吴本与宋书铭家藏本而合抄于一本。关于第二种可能，因为据说当年名满京城及北方的王茂斋也曾去访问过宋书铭，并有过切磋交流（据王茂斋弟子修丕勋之传人战波先生说），那么，宋氏将"宋氏源流"本转抄于王茂斋之可能不是没有。无论如何，这是一本难得的武学文献，对于研究太极拳史和太极拳功都有十分重要的价值。所以，前边这样啰唆地说明相关问题，只有一个目的，即尽可能提供可信的史实和尽可能多的信息，供热心人士探究，因为学术乃天下之公器。

将李经梧老师藏"秘宗"本内容，与吴公藻藏吴本，杨振基藏杨本以及吴图南本、宋书铭本做一横向比较，可知李本是相对最全本，"俞氏家传"部分内容与"三十二目"部分内容均有，仅欠吴图南与宋书铭本所有的"无极歌"与"太极歌"二条目。

众所周知，关于宋书铭其人，世人尚有疑义。一是怀疑他的身世，到底是否为宋远桥的十七代孙。二是既然怀疑他这个人，当然也就怀疑他拿出来的"谱"。还有就是关于吴图南藏本来源。吴本人只说得自友人，并未详加交代。他自述是在清末光绪末年或宣统初年（1908—1909）得到"宋氏源流"那本书，并抄送乃师吴鉴泉、杨少侯各一本。据李师融等考证认为，吴图南、吴鉴泉、许禹生等去拜访宋书铭是在约1916年前后。但是，在一些人的私议中，对于吴图南的年龄（当然就涉及生年）也有疑义。而且王新午1927年著《太极拳法阐宗》中记述去访宋书铭者有纪子修、吴鉴泉、许禹生、刘恩绶、姜殿臣诸人，独未言有吴图南。是吴图南根本未去，还是他年辈轻而未见论述，存疑待考。而关于宋书铭其人，除了王新午的论述，还有他的老师许禹生1921年著《太极拳势图解》的论述，记述宋书铭"善太极拳，颇有所发明，与余素善，日夕过从，获益匪鲜"，并说纪子修、吴鉴泉、刘彩臣等均执弟子礼，其尊崇钦佩之情显然。要知道，许、王师徒的记述是在1921年和1927年，其资料的可信度是较高的。因此，笔者认为，在今天不应该"信而好古"，但也不能"盲目疑古"，否则就会再次堕入20世纪初的盲目疑古思潮模式中，而变成民族虚无主义的态度。对于一些目前查无实据的悬案，在肯定和否定都无十足证据时应采取一种存疑待考的态度，不要遽下结论，不要"武断"。中国武术文化有特殊性，确实有隐秘和口传身授的传统，这是历史事实，后人应该尊重历史和传统。对宋书铭其人其书亦应作如是观。何况，《宋氏太极功源流支派论》和《三十二目》（即《太极法说》）的道理已然受到珍重，它们是太极拳功的经典理论，与王宗岳等人的思想脉络是一致的，我们不要轻率持否定态度。

还有，关于杨本（即《三十二目》）、吴本（即《太极法说》）与李本中同样出现的"体育"一词，有人有异议，路迪民先生在考证杨氏"老谱"时已有辩驳，可参看。其涉及古汉语修辞，并不是"体育"一词便不可能出现于明清时代，正如"革命""人文"二词都可以出现在《易经》时代一样。

总之，李本是一本极有研究参考价值的文献，证其真也好，证其伪也好，它至少已存在了近百年。而笔者认为，其深奥的道理以及所揭示的拳功、所披露的历史，并不是什么人都可以随便臆造出来的，因此，我们可以展开多方面的讨论研究，但都无碍于它的经典价值与文献性。在没有确凿的证据证其伪前，笔者相信它的真实性。

关于李经梧老师所藏《太极拳秘宗》（原封面名）的相关介绍就到此。需要说明：《太极拳秘宗》部分原文内容，主要以我当年手抄本为依据，以李本之复印本为参考（复印本极不清楚），同时以吴公藻《太极拳讲义》及杨振基《杨澄甫式太极拳》两书之影印本为互校，取其合理处成"原文"。鉴于传世各本均非完璧，包括我手抄本也有失漏，李老师原本也有误失，才不自量力为之"笺注"。由于太极文化博大精深，太极拳功深奥玄微，笔者的武功实修与武学知识皆有限，一定有不少浅陋之处，请高明指教。

关于体例，为便于读者，特说明如下：

李本中错字，在原字后加［］标出，如"足［通］之于指"，其中方括号内"通"是为对"足"字的更正。

漏字处以（）标出，如"乃文（乃）武"中（乃）为添补字句。其中明显衍字、别字，直接代改不注。

《太极拳秘宗》笺注

■ 梅墨生

笔者水平有限，对武功这门实学修证不高，所注所解难免不当。而于一些较易理解的词句就不再费笔墨。因原文无句读，略加标点。

《宋氏家传太极功源流支派论》
宋远桥绪记

所谓后代学者，不失其本也。自余而上溯，始得太极之功者，授业于唐于观子许宣平也[1]。至余为十四代焉。有断者，有继者。

许先师系江南徽州府歙县人，隐城阳山，即本府城南紫阳山[2]，结篱南阳辟谷[3]。身长七尺六，髯长至脐，发长至足，行及奔马[4]。每负薪卖于市中，独吟曰："负薪朝出卖，沽酒日夕归。借问家何处？穿云入翠微。"李白访之不遇，题诗望仙桥而回。所传太极拳功，名三十七，因三十七式而名之；又名长拳者，所谓滔滔无间也。[5] 总名太极拳三十七式，名（目）[6] 书之于后。

笺注：

① 李本作"于观子"，而吴图南本作"于欢子"。笔者以为其"于欢子"无解，而于观子乃取于老子《道德经·一章》"常无欲以观其妙，常有欲以观其徼"之意。

② 紫阳山，在今安徽歙县城南三里许。明、清两朝归徽州府管辖。

③ 辟谷，道家之功也。

④ 行及奔马，长于轻身之术也。近代孙禄堂亦有类似功夫。

⑤ 王宗岳《太极拳论》有："太极拳，一名长拳；又名'十三势'。长拳者，如长江大海，滔滔不绝也。"

⑥ "名目"，原文失一"目"字。

关于许宣平，《太平广记》有记：许宣平，新安歙人也。唐睿宗景云中，隐于城阳山南坞，结庵以居，不知其服饵，但见不食，颜色若四十许人。行如奔马。时或负薪以卖，担常挂一花瓠及曲竹杖，每醉腾腾挂之以归，独吟曰："负薪朝出卖，沽酒日夕归。路人莫问归何处，穿入白云行翠微。"迩来三十余年，或拯人悬危，或救人疾苦，城市人多访之不见，但览庵壁题诗曰："隐居三十载，筑室南山巅。静夜玩明月，闲朝饮碧泉。樵人歌陇上，谷鸟戏岩前。乐矣不知老，都忘甲子年。"好事者多咏其诗。有时行长安，于驿路洛阳、同、华间传舍（按：人所止息，前往后来之客馆）是处题之。天宝中，李白自翰林出，东游，经传舍，览之，吟咏嗟叹，曰"此仙诗也。"乃诘之于人，得宣平之实。白于是游及新安，涉溪登山；屡访之，不得，乃题其庵壁而回云云。（按：李白《题许宣平庵壁》诗载《李太白全集》卷三十：我吟传舍咏，来访真人居。烟岭迷高迹，云林隔太虚。窥庭但萧索，倚杖空踌躇。应化辽天鹤，归当千载余。）是冬野火燎其庵，莫知宣平踪迹。百余年后，咸通七年，郡人许明奴家有妪，尝逐伴入山采樵，独于南山中见一人坐石上，方食桃甚大，问妪曰："汝许明奴家人也，我明奴之祖宣平。"妪言："尝闻已得仙矣。"曰："汝归，为我语明奴，言我在此山中。与汝一桃食之，不可将出。山虎狼甚多，山神惜此桃。"妪乃食桃，甚美。宣平遣妪随樵人归家，言之，明奴之族甚异之，传闻于郡人（出《续仙传》）。

又《太平寰宇记》载：城阳山，在歙县南，环回孔高，为城郭之衿带；居郡之南，故号为城阳山焉，即许宣平得道之所；亦为李白所寻不遇，今山上有遗迹存。

上引二书关于许宣平的记述，可与李本许宣平内容参看，中不乏互相印证处。唯李本谓"李白访之不遇，题诗望仙桥而回"，在《太平广记》中则为"屡访之，不得，乃题其庵壁而回云云"。是另有题望仙桥诗否？待考。

四正、四隅、云手、弯弓射雁、挥琵琶、进搬拦、簸箕式①、凤凰展翅、雀起尾、单鞭、上提手、倒撵猴头②、搂膝拗步、肘下捶、转身蹬脚、上步栽捶、斜飞式、双鞭、翻身搬拦、玉女穿梭、七星八步、高採马③、单摆莲、上跨虎、九宫步、揽雀尾、山通背、海底珍珠、弹指摆莲、转身④、指点捶、双摆莲、金鸡独立、泰山生气、野马分鬃、如封似闭、左右分脚、挂树踢脚、八方掌、推碾、二起脚、抱虎推山、十字摆莲。

此通共四十三手⑤。四正、四隅、九宫步、七星八步、双鞭、双摆莲在外，因自己多坐用的功夫。其余三十七数是先师之所传也。此式应一式练成再练一式，万不可心急齐用。三十七式却无论何式先何式后，只要一一将式用成，自然三十七式皆化为相继不断矣⑥，故谓之曰长拳。脚跐五行，怀藏八卦。脚之所在为中央之土，则可定乾南坤北，离东坎西。掤挒挤按四正也，採挒捌撑四隅也⑦。

笺注：

① 李本将"簸箕"误为"菠箕"。

② 李本将"撵"字省略为"辇"。

③ 李本之"高採马"，吴图南本为"高探马"。

④ 吴图南本将"弹指摆莲"与"转身"作"弹指""摆莲转身"。

⑤ 吴图南本此处作"共四十二手"。查李本多出一个"八方掌"。

⑥ 吴图南本凡此处李本之"式"字皆作"势"。查《辞源》"式"为"规格、榜样"意。"势"为"形式、趋势""态势、姿态"意。二者似均可，但若用于具体拳招，似以用"势"为宜。李本强调"应一式练成再练一式"，此为拳法古朴简易之证。

⑦ 自"为中央之土"后，吴图南本为"八门五步，以中央为准"，而无李本之"则可定……四隅也"一段。自"四隅也"之后，李本为八字歌、三十七心会论、三十七周身大用论、十六关要论、用功歌等内容；而吴图南本则无。且两相比较，前后顺序不同。读者可比照异同。不知是吴图南本与李本手抄讹误，还是原本便不出于一本。待考。吴图南本仅止于"授秘歌"，以后杨本、吴本、李本之相关内容则无。以李本之八卦方位看，"乾南坤北离东坎西"正是先天八卦太极图方位。俞氏所传乃先天拳，与宋氏家传三世七虽不同宗，但均名"太极功"、"十三式"或为"先天拳"道理一致也。

掤捋挤按世间稀，十个艺人十不知。若能轻灵并坚硬，沾连粘随俱无疑。採挒肘靠更出奇，行之不用费心思。果能沾连粘随意，得其寰中不支离。

笺注：

掤捋挤按，即四正；採挒肘靠，即四隅。四正四隅即八门八卦也。此八门为显于外者，其含于内者则为八劲八法。八劲以掤劲为首，掤劲是诸劲之总劲。掤劲八卦为坎，意如水之浮力；捋劲八卦为离，如火势之空灵；挤劲八卦为震，意如雷电之闪进；按劲八卦为兑，如沼泽之沉陷；採劲八卦为乾，乃用整劲也；挒劲八卦为坤，乃用断分之劲也；肘劲为八卦之艮，如山势之倾倒；靠劲八卦为巽，如风吹物也。然八劲之关键在"若能轻灵并坚硬"，"得其寰中不支离"。轻灵并坚硬是外示柔软内含坚刚。得其寰中不支离即守中用中，力不出尖，力不方直。故八劲必以中定为体，有中定劲然后有八劲，是谓得其寰中。

三十七心会论

腰脊为第一之主宰，猴头为第二之主宰①，心地为第三之主宰②；丹田为第一之宾辅，掌指为第二之宾辅，足掌为第三之宾辅。③

笺注：

① 猴头即喉头，男性喉结。

② 心地，《太极拳谱》（人民教育出版社1995年版）作"地心"。结合全段文字理解，此节所言是说内功心法不涉外部，故名"心会论"。腰脊在太极拳中之作用是第一主宰，这说得无比明白。腰为主轴，脊主运化，武禹襄所谓"刻刻留心在腰间"，又谓"动牵往来气贴背，敛入脊骨"，"腰如车轴"（见《十三势行功要解》《太极拳论要解》），特别是王宗岳说"命意源头在腰隙"（见《十三势歌》），都是在强调腰与脊的重要支配作用。太极拳功就内丹修为言乃动功，最终要练到大小周天通，腰与脊均为督脉所经过的地方。而在对待较技时，劲力也要相对放在后面腰脊上。所以说腰脊是第一之主宰。喉头为第二之主宰，笺注者理解是因为喉头与头顶是一体，只有收敛并上领，才能达到"尾闾中正神贯顶，满身轻利顶头悬"（王宗岳《十三

李经梧 太极 内功及所藏秘谱

势歌》）的效果。

心地为第三之主宰。古有说"心为太极"，又有"先在心，后在身"之说；心乃藏神之所，即心神为主宰。太极拳功深，是肢体自然反应，故肢体之关要是腰脊，而心神反倒退而其次。腰练的是命门，是先天气。先天气"觉知"对待在先，而心神为后天识神，相对而言倒显次要了。经梧师曾说功夫上身后，用则有，不用则无，就是这个意思。

③ 丹田此指脐内下之下丹田，古有说"腹为太极"。丹田与命门前后内外作用。丹田功成可健身，命门充实可技击。丹田可以协助腰脊作用，故为第一宾辅，手足则为车轮，实施腰脊的运化与发劲。就人身太极言，丹田与命门为根，手与足皆是梢节。凡以足为根，便不是太极劲，不合太极之理。"足为跟"是指发劲之一瞬间。本质上腰（命门）与腹（丹田）为根本。

三十七 周身大用论

一要心性与意静，自然无处不轻灵。二要遍体气流行，一定断［继］续不能停①。三要喉头永不抛②，问尽天下众英豪。如询大用缘何用？表里精粗无不到。

笺注：

① 李本将"继续"误为"断续"。

② 《太极拳谱》（人民体育出版社 1995 年版）将第一句"心性"间加一顿号，似无必要。此句是指练太极拳"先在心，后在身"，"心为令，气为旗"（武禹襄《十三势行功要解》），"势势存心揆用意"（王宗岳《十三势歌》），即是第一位的要在"心"与"意"上用功夫，心性要求中和，意念要求专静，才能"无处不轻灵"。太极功乃"天人之学"，中国传统学问就在于"尽性致命"，一个人的心性将决定一个人的拳功修为深浅高下。经梧师说拳劲是人性的反映。

笔者认为：什么人出什么劲儿。心性之禀赋，乃先天之本性，刚柔急缓大小藏露均会自然地反映在拳劲上。性功为要。意念是心性之用，要有传授，这些内容是"内功心法"。得内功心法而后才可以语"轻灵"。"静中触动动犹静"（武禹襄《十三势行功要解》），动静之机，唯轻灵者觉之。只有"遍体气流行"，才能"无处不轻灵"，才能"继续不能停"如长江大河滔滔无间，才能"表里精粗无不到"，也才能达到周身大用的境界。而"问尽天下众英豪"，此处之"问"，是问劲的问，是身问体问，因为能周身大用，所以所向披靡。这段文字说的是练拳要松静、轻灵、圆活、连绵、中正、严密、含蓄诸要领，正是太极拳功必须共同遵守和追求的东西。要想"遍体气流行""表里精粗无不到"，无疑是要达到小周天和大周天全通达的状态才可以。十二正经与奇经八脉全通畅，则意到气到；意到气也"周流而不殆"，才能身为太极，浑身是功，挨何处何处发。经梧师说挨哪儿哪儿"说话"，用招者下乘，用功者中乘，有意无意之间者上乘。"喉头永不抛"是同类太极拳论中所没有的提法，强调的是虚灵顶劲与立身中正含蓄，应予以重视。

十六关要论①

活泼于腰，机灵于顶，神通于背②，不使气流行于气，行之于腿，�& 之于足③，运之于掌，足［通］之于指④，敛之于膪［髓］，达之于神，凝之于耳，息之于鼻，呼吸往来于口，纵之于膝，浑噩一身，全体发之于毛。

笺注：

①《太极拳谱》（沈寿点校，人民体育出版社 1995 年版）所选"十六关要论"顺序与此不同，是由足开始，可参看。因沈寿当年点校《太极拳谱》时未能看到李经梧藏本，所以该书中未提及。

②《太极拳谱》本此句为"灵通于背，神贯于顶"，又有的书为"灵机于头"。武禹襄《十三势行功要解》有："虚领顶劲，气沉丹田，不偏不倚，所谓'尾闾中正神贯顶，满身轻利顶头悬'也"，可参看。

③ 此句《太极拳谱》本无"不使气"三字。另多本将"蹳"作"蹬"。蹳音"拨"，脚踏之意与蹬略不同。

④ 李本误"通之于指"为"足之于指"。十六关要中有腰、顶、背、腿、足、掌、指、耳、鼻、口、膝、身、毛十三关要都是身体的不同部位，是外面或内外交通要道，有气、髓、神三个关要是内在内容。关于腰、顶、腿、足、掌、指、耳、鼻、口、膝等，笔者不拟多

李经梧 太极 内功及所藏秘谱

言。笔者在此想特别提出的是"神通于背"、"不使气流行于气"、"敛之于髓"、"达之于神"、"浑噩一身"与"全体发之于毛"几个关要的习修。"神通于背"是指气行小周天后，神意能通达于脊背。前提是丹田、命门气足。而在正宗的太极修炼中，是有步骤阶梯的，在盘架子过程中要习练内功，内功由心法支配，其具体方法就由丹田聚气、充实命门、通贯带脉开始。这三步做到后，才有可能"神通于背"。神通首先是气通。太极功以腰为主宰，但运化在夹脊，用什么运化？要有气为能量；这个能量够了，再以神意运用，始克成功。太极功成，整个人体练成圆浑的气球或气柱，背脊是十分重要的关口。就通周天功而言，夹脊又是督脉三关之一，其重要不言而喻。"不使气流行于气"，是经梧师生前常讲的。他教诲说前一个气是指内气，后一个气是指口鼻呼吸之气。不要让内气（丹田气）与呼吸气浑同。笔者理解，内气是丹田气，是先天气，口鼻呼吸气是后天气，要让后天气返还到先天气，让呼吸气忘掉，自然与先天真气合一，因此说太极功是内丹功夫，是返还的功夫。能内呼吸而后有轻灵、有从容、有不用拙力、有小力胜大力。目前所见练拳者，多不明此理，大多强调呼吸自然。呼吸自然，当然无流弊，但那是"顺则凡"的事儿，也就练不出"逆则仙"的太极真功夫。有不少人推手较技时三五分钟即气喘不已，正是用后天呼吸之故。因不能先天呼吸，没有内呼吸，运动量大、体力消耗后只有迅速快吸才能补充氧气，由于肺叶扩张收缩加大，所以气喘大汗。

上述体征正是练反了，练得不得法。太极功成"四两拨千斤""耄耋能御众"（王宗岳），关键在于以元神、元气（先天气）为用。一般人达不到纯用先天气，但起码要先后天合一。武禹襄说："全身意在蓄神，不在气，在气则滞"（《太极拳论要解》），这个"在气则滞"的气就是指的后天呼吸之气。后天气是养先天气的，即以水谷饮食之气培养先天真一之气。这个真一之气武术家也称为内气。内气充沛，养若浩然，发而为劲。所谓"活泼""灵机""行""运""敛""达""凝""自""纵"之用语，非气机者何？"敛之于髓"，武禹襄所谓："以心行气，务沉着，乃能收敛入骨"，"腹内松静气腾然"（《十三势行功要解》）、"心贵静，气须敛，神宜舒"（《太极拳解》）、"动牵往来气贴背，敛入脊骨"（《太极拳论要解》），均是在说收敛气劲。太极劲前后而言走后，内外而言走内，阴阳而言走阴，刚柔而言走柔，但根本而言是走中，守中用中。就体言，中在丹田；就上下言，中在命门；就四肢百骸言，中在骨髓。"敛之于髓"则骨坚筋韧，外柔内刚矣。故太极拳功以气机气口为关要中之关要。举凡传统技艺皆如此，不如此即不为传统技艺。欲修太极拳功，必弄懂气机，否则徒劳无益，而成操、舞而已。"敛之于髓""达之于神"的都是内气。所谓内气，有者自知，无者自不知。它确实目前还不能为现代科学所解释，但它是存在的。其实现代科学不能解释的"存在"多了，不能因现代科学不能解释就武断地说它不存在。当然，内气也有它的限止，它到底能有多大能量？还待研究。

"浑噩一身"，是混元气的状态。真气运行于全身，内气在周身经络布满，即是混元气，是"浑噩一身"。"全体发之于毛""筋骨要松，皮毛要攻。节节贯串，虚灵在中"（蒋发传诀），恰好体现的是同一旨趣。因为"腹内松静""虚灵在中"，所以"气腾然""皮毛攻""全体发之于毛"。外面的皮毛之"发"之"攻"，实是内气的"虚灵""腾然"使然。中国文化艺术技艺莫不重视"诚于中发于外"，故不懂"中"便不懂中国文化。近代武学大家孙禄堂对此体认甚深，曾说"虚无生一气者，是逆运先天真一之气也。但此气不是死的，而是活的，其中有一点生机藏焉"（《形意拳学》）；又谓"太极即一气，一气即太极也。以体言则为太极，以用言则为一气"（《八卦拳学》）；"太极拳之抱元守一也"（《拳意述真》）。因为内里有一气虚无，其发露于外时则体现在皮毛上，实际"其大无外，其小无内"的混元气是一个整体，其"合"则收敛于丹田之内成一点生机，其"开"则弥漫于奇经八脉四肢百骸八万四千毛孔。这是小大周天皆通后的功态，是"浑噩一身"的，是"遍体气流行"的。唯亲证实修者可知，非坐而论道者可梦见。

实际上，十六关要皆系于一关，即"玄关"是也。古来丹家从不明指玄关为何物，就我师胡海牙先生指点：说在身中不是，离了此身又不是。十六关要已经暗示了玄关之用。

用功歌①

轻灵活泼求懂劲，阴阳既济无滞病。若想四两拨千斤②，开合鼓荡主宰定。

笺注：

①《太极拳谱》本作"功用歌"。

②"若想"《太极拳谱》本为"若得"。

夫太极拳者，以"懂劲"为先，懂劲以"轻灵活泼"为要。"神似捕鼠之猫"，轻也，"精神能提得起"，亦轻也，"能沾依，然后能灵活"（武禹襄《太极拳解》），灵也；"意气须换得灵，乃有圆活之趣"（武禹襄《十三势行功要解》），轻灵活泼也。"左重则左虚；右重则右杳。仰之则弥高，俯之则弥深。进之则愈长，退之则愈促。一羽不能加，蝇虫不能落。人不知我，我独知人"（王宗岳《太极拳论》），亦轻灵活泼也。"阴阳相济，方为懂劲。懂劲后愈练愈精，默识揣摩，渐至从心所欲"（引同上），轻灵活泼，阴阳既济，乃懂劲。孙禄堂谓"学者能于开合动静相交处，悟彻本原则可在各式圆研相合之中，得其妙用矣"（《太极拳学》）。盖阴阳既济，开合动静相交处，乃"几"也，"机"也；知机则为用，"听劲"即听此机会也。对方旧力已去新力未生，机也；而于自修则静极而一阳生为几，动极而一阴生亦为几也。知机则可制敌，知几则可采药，此炼内丹之必需也。

"察'四两拨千斤'之句，显非力胜"（王宗岳《太极拳论》），"任他巨力来打我，牵动四两拨千斤"（王宗岳《打手歌》）。四两拨千斤，乃太极名句，然聚讼纷纭，莫衷一是。"四两"是彼家是我身的？联系李本全句看，显然是指我身的四两。"若想（用我的）四两（功）拨动（你）千斤（力）"，必须"开合鼓荡主宰定"！开合、鼓荡、主宰、定者，均指太极一气也。此气混元，大则弥身或放之六合，小则敛纳于丹田脐内。当其用也，在腰（命门）腹（丹田）间开合、鼓荡，然此开合、鼓荡必有基础，即中定之功。"中定"以心为体，却以腹腰（丹田命门）为用。所谓"守中用中"，守住中土不离位也。如是乃有开合鼓荡，乃有四两拨千斤。

（俞莲舟得授全体）

俞家江南宁国府泾县人①。太极功名曰先天拳，亦曰长拳②。得唐李道子（所传），系江南安庆人，至宋时与游酢莫逆③。至明时，李道子常居武当山南岩宫，不火食，第啖麦麸数合，故又名夫子李也。见人不及他语，惟云"大造化"三字。既云唐人，何以知之明时之夫子李即是李道子先师也？缘余上祖游江南泾县俞家，方知先天拳亦如余家之三十七式，太极之别名也。而又知俞家是唐时李道子所传也，俞家代代相承之功。每岁往拜李道子庐，至宋时尚在也。越代不知李道子所往也。

笺注：

① 泾县，西汉置县，属丹阳郡。至南宋属宁国府，至元代属宁国路，明代仍属宁国府。今属安徽省。此处之"俞家"乃指俞莲舟家。据宋远桥述，他与俞莲舟曾同上武当山访师。在李本的"纲目"中，此段文字当为"俞莲舟得授全体"，但在文中却未列出章节名。"全体"指"全体大用"，杨澄甫著《太极拳体用全书》可证。本段文字后尾处亦有"而后亦得全体大用矣"之语。体与用，乃中国哲学范畴，体，指实体、本质，用，指作用、现象。王夫之《周易外传》谓："体以致用，用以备体"，有其体方有其用，有其用必有其体。在传统中，体用不二。

② 太极拳又名长拳，此见于王宗岳《太极拳释名》："太极拳，一名'长拳'，又名十三势"，"长拳者，如长江大海，滔滔不绝也"，此广为人知。而"先天拳"说，则鲜为人知，又乏人认同。综观《太极拳秘宗》全书，著者从未离开"太极"理论述说。《庄子·大宗师》有："在太极之先不为高"，《易传·系辞》有："易有太极，是生两仪"句。一般认为，伏羲画卦为先天八卦，文王演易后为后天八卦。先天指物成之前，后天乃物成之后。此处指太极功为先天拳，笔者理解即是让我人的身体修养到"无极"状态，也即老子所谓的"唯恍唯惚""无为而无不为"状态。先天八卦图见载于宋代朱熹《周易本义》。尚秉和在《周易尚氏学》中谓："先天方位，乾南坤北，离东坎西，一阴一阳，相偶相对，乃天地自然之法象。"先天卦象是阐述天地自然之法象，那么习练太极拳，也就是让人的后天之体返还到先天的状态。

此与老子"道法自然"之旨一脉相通。先天为体，后天为用，以后天之练回到先天，也即回归"本体""本质"。个中道理深奥，颇值得今日之习练太极拳者深思，在笔者看来，世传之太极拳，多已失去其本质内涵。

③ 此句李本"李道子"后失"所传"二字。游酢其人不详。此句说俞家所练太极功，是唐代李道子所传。对此，李师融考证认为唐代之"夫子李"李道子与明代之"麸子李"李性之（张三丰弟子）非一人。（可参看《古今太极拳谱及源流阐秘》）

在这段文字中，宋远桥讲明：他家传的"三十七"与俞家所传的"先天拳"都是"太极之别名也"。这是一个重要的太极拳文献。迄今世人多对此持怀疑态度，当与20世纪以来的疑古思潮以及民族虚无主义思潮有关。笔者以为，对于历史文献在不能充足证其伪的时候，不妨先视为真，可以采用存疑待考的态度。太极拳之产生不是偶然的，它有着深远的历史文化背景，在考证太极拳功的历史时不能不正视这一点。

　　至明时，余同俞莲舟游湖广襄阳府均州武当山，夫子见之叫曰："徒再孙焉往？"莲舟抬头一看，斯人面垢正厚、发长至地，味臭。莲舟心怒，曰："尔言之太过也。吾观汝一掌必死耳。去罢！"夫子云："徒再孙，我看看你这手！"莲舟上前掤连捶①，未依身则起十丈许落下，未折坏筋骨。莲舟曰："你总用过功夫，不然能制我者鲜矣。"夫子李曰："你与俞清慧、俞一诚认识否？"莲舟闻之悚然，"皆余上祖之名也"。急跪曰："原来是我之先祖师至也。"夫子李曰："我在几韶光未语，今见你诚哉大造化也。授你如此如此。"莲舟自此不但无敌，而后亦得全体大用矣。②

笺注：

① 现传太极拳式无"掤连捶"，今有"搬拦捶"，疑一事。然细究"搬"者，左右劲也，"掤"者上下劲也。"掤"后以"捶"击，有可能使对方腾身而起。"十丈许"显夸张语也，"未折坏筋骨"乃擒纵收放自如之太极劲也。

② 此处"全体大用"指俞莲舟经夫子李传授后，"浑身无处不太

极"，已达随心所欲之境。韶光，美好时光，春光。几韶光，指几个年头之意。

上段记述生动鲜活，是故事抑或故实？照录供世人研究。因语言通俗易懂，不需注。

余与俞莲舟、俞岱岩、张松溪、张翠山、殷利亨、莫谷声久相往来金陵之境。[1] 夫子李先师授俞莲舟"秘歌"[2] 云：

"无神［形］无象，全身［体］透空。[3] 应物自然，西山悬磬。[4] 虎吼猿鸣，水清河静。[5] 翻江播海，尽性立命。[6]"

此歌余七人皆知其句。后余七人同往拜武当山夫子李不见。道经玉虚宫，在太和山元高之地见玉虚子张三丰也。[7] 张松溪、张翠山师也。身长七尺有余，须美如戟，寒暑为箬笠，日能行千里，自洪武初至太和山修炼。余七人共拜之，耳提面命月余后归。自此不绝往拜。玉虚子所传，惟张松溪、张翠山，拳名十三式，亦太极功别名也，又名长拳。十三式名目并论说列于后。[8]

笺注：

① 金陵，即今南京。此句宋远桥记述与俞莲舟等六人交游。

② 此段文字通常被称为"授秘歌"，但笔者以为只应称为"秘歌"，因"授"字前置，即成为"传授秘密的歌诀"，授为动词，故只作"秘歌"为宜。关于"秘歌"，《太极拳谱》（沈寿点校考释，人民体育出版社1995年版）在"校记"中写道："原文伪托系唐代李道子先师授明代俞莲舟之秘歌"，未免武断。又写："《宋谱》所撰本篇，除受时代影响之外，恐亦不无故弄玄虚之处。"笔者以为显然点校者深"受时代（极左思潮与疑古风气）影响之外"，恐亦不无欠妥之处。众所周知，中国传统文化的思想传统从先秦诸子以降可以说即是玄学。老子所谓的"玄览"。离开玄学，便不是中国文化。20世纪初的"科玄论战"终以科学主义至上主导了中国社会几十年，因其价值论是西方科学实证主义和机械唯物论，对传统思想几乎是全盘否定，几十年过去，此风尤烈，比如前些年某些人鼓噪的"取消中医"论都是此一脉络。认为凡有关生命的深度与心灵、意识、精神体验与追求便是"故弄玄虚"，也未必就是真正的科学态度。之所以笔者发此议，

李经梧
太极
内功及所藏秘谱

是深感我们在尊重科学实证的时候也不要矫枉过正，否则我们自己的文化传统将从根本上被动摇和否定。中国文化几千年来所积淀与创造的智慧成果其实也正在并逐渐被现代科学所证实，也是不争的事实。太极拳功与太极思维太极文化的深密关系，应该在科学昌明的今天给予必要的客观对待。如果一涉玄学思维便动辄冠以"故弄玄虚"，很容易忽略中国文化的精要核心之处。梁漱溟先生在《东西文化及其哲学》中曾指出：东方文化特别是中国文化都是内向的。这一见地，确实发人深省。笔者以为对"秘歌"的认知，亦如此。孔、孟、老、庄、孙诸子之学正是产生太极拳功的思想文化基础。战国时的《行气玉佩铭》、汉代马王堆汉墓出土的《导引图》都见出相关的思想渊源。在笔者看来，"秘歌"所披露的太极功境界是符契中国文化思想的上乘境界的，唯其难，是为秘。

③ 李本为"无神无象"，核对他本，应为"无形无象"。无，是古典哲学的重要概念。道非无非有，亦有亦无。"拳无拳，意无意"，也是"无形无象"。道生于"无"，"无"为先天，以有形有象有招有势而求无形无象无招无势，才得"全体"，得"大用"。因"无"而"空"，无非真无，空非真空，后天仍在，但求返还先天状态而已。习练太极拳到一定程度，都会产生"忘我"状态，当然这种状态有深浅之别。庄子谓："夫道有情有信，无为无形"，可为"无形无象"作解。"全体（李本作'身'）透空"，应指肢体的松、通到了极致，内气"周行而不殆"，内劲随心所欲的状态。杨禹廷师爷曾说：要把身体练成衣服架子。此透空之义也。李经梧老师说：（内劲）用则有，不用则无。此无形无象之义也。

④ 此句承前句，因为"无形无象，全体透空"，才能"应物自然"。王宗岳《太极拳论》的"人不知我，我独知人"即此。"阴阳不测之谓神"，无一丝儿勉强，无一丝儿拙力，即能"应物自然"。诚然，无数十年纯功者鲜能臻此。"西山悬磬"，磬，古代石制打击乐器。汪永泉先生曾比喻身如古钟，悬挂在钟内中心的钟锤前后摆动即象征着身体重心的移动。他还指出太极身法是以肩、腰、胯为"三圈"，三个意气圈，圈圈相合，虚悬如钟（见汪永泉讲授《杨式太极拳述真》，人民体育出版社 1995 年版）。汪说可参证领悟"西山悬

磬"。钟与磬相似，都是中空而上悬之物。"满身轻利顶头悬""腹内松净气腾然"（王宗岳《十三势歌》）就是对"西山悬磬"的具体解释。顶头悬，才能身如磬。磬与钟都是中空之物，唯悬起始能击之有声，击之力大则动荡大、声响大，击之力小则动荡小声响小。西山，喻指腹背，西北卦位为乾，在人身为背，西南在卦位为坤，在人身为腹。故西山兼有腹背之义。腹应松静，而背拔则胸含，是要求身体中正安舒而空虚也。唐代医家孙思邈在《千金要方》便提出过"内视法"："存想思念，令见五脏如悬磬，五色了了分明。"

⑤ 虎，白虎，喻肺。猿，心猿。虎吼猿鸣，指心肺功能强壮，以声发力，声气相催。《张三丰太极炼丹秘诀》有"虎啸一声忙采取，龙吟初勒急施为"句。盖"虎啸""龙吟"均指呼吸吐纳之道家内丹修炼方法。笺注者以为此处"虎吼"与"虎啸"同，全句大意指吸（拿）呼（放）之间以声气相催也。水清河静，应指身内"练精化气、练气化神、练神还虚"之功已成，奇经八脉与十二经脉之气血畅通而充沛。

⑥ 江海者，实指内气与神意也。意气如江海浩瀚奔涌，与下句"尽性立命"互证。《十三势说略》谓："气宜鼓荡，神宜内敛"（武禹襄），"凡此皆是意，不是外面"（引同上），又谓："心（意）为令，气为旗"（《十三势行功要解》）。王宗岳早在《太极拳释名》中称"太极拳，一名长拳，又名十三势。长拳者，如长江大海，滔滔不绝也"。因"意气君来骨肉臣"的意气之"内动"而"外动"之太极拳功，从外表上看连绵不断，如江海奔涌不息，而其根本则在于内功心法的"翻江播海"。江海指丹田气海，令丹田气海之内气鼓荡，然后有养生之河车逆运"黄河水倒流"，然后有对待之"拿住丹田练内功，哼哈二气妙无穷"（《太极拳经歌诀》）。从根本上说，太极拳功练的是"尽性立命"之功。尽性立命乃中国传统学术、艺术文化之共旨，学文习武均需知而行之，则近"道"矣。《中庸》云："天命之谓性，率性之谓道，修道之谓教。"张三丰云："一阴一阳，一性一命而已也"，"内药是精，外药是气。内药养性，外药立命。性命双修，方合之道"（《大道论》）。

⑦ 太和山，即武当山。李师融考证玉虚子非张三丰。张三丰无

玉虚子之号，玉虚子当另有其人。或为张三丰传人，待再考（《古今太极拳谱及源流阐秘》）。历史上的道教人物，身世扑朔迷离，隐身道门，错讹误会实多。

⑧ 此处宋远桥记述，确与历史文献上的描述相近。如《明史·张三丰传》："张三丰，辽东懿州人。……颀而伟，龟形鹤骨，大耳圆目，须髯如戟。寒暑惟一衲一蓑，所啖升斗辄尽，或数日一食，或数月不食。书过目不忘。游处无恒，或云能一日千里。"传世的《张三丰自画像》可参看。"拳名十三式，亦太极功别名也，又名长拳。"前引王宗岳《太极拳释名》中亦有"十三势""长拳"之说。唯宋谱记"势"为"式"，此为古人常见修辞通假之事。那么，宋远桥与俞莲舟七人所往拜的"玉虚子张三丰"是否元明时的张三丰？确实无法下结论。

"秘歌"是太极拳发展史上的重要歌诀，其经典性不容置疑。仅三十二个字，其所揭示的正是上乘内家功夫"道法自然"的旨趣。尚济先生曾说："由此可见，'应物自然，西山悬磬'这两句话，实是太极拳能够以柔克刚、以弱胜强，以小力破大力、四两拨千斤的关键所在，可以说是'太极精神'的核心，学者不可不察焉"（尚济著《张氏古太极拳》）。

程灵洗字元涤，江南徽州府休宁人。授业韩拱月，太极之功成大用矣。① 侯景之乱②，惟歙州保全，皆灵洗力也。梁元帝授以本郡太守，卒谥忠壮。至程珌为绍兴［熙］中进士，授昌化主薄［簿］，累官，权吏部尚书，拜翰林学士，立朝刚正，风裁凛然，进封新安郡侯，以端明殿学士致仕卒。③ 珌居家常平粜以济人，凡有利众者，必尽心焉。所著有《洛水集》。珌将太极拳功立一名为小九天。虽珌之遗名小九天，书韩传者，不敢忘先师之授也。④

笺注：

① 关于韩拱月，目前我们仅知道本文献所记内容。如此文献所记属实，则早在南北朝时韩、程师徒已为太极功之高手。而关于程灵洗，《陈书·列传第四》有程灵洗与子文季传，谓："程灵洗，字玄涤（按：李本《宋谱》谓字元涤，古"元"与"玄"字通假），新安海宁

人也。少以勇力闻，步行日二百余里，便骑善游宁、黟、歙等县，及鄱阳、宣城郡界，多盗贼，近县苦之。灵洗素为乡里所畏伏，曾召募少年，逐捕劫道。""灵洗性严急，御下甚苛刻，士卒有小罪，必以军法诛之，造次之间，便加捶分明，与士卒同甘苦，众亦以此依附。性好播植，躬勤耕稼，至于水陆所宜，刘老农不能及也。伎妾无游手，并督之纺绩。至于散用赀财，亦弗俭吝。光大二年时年五十五，赠镇西将军、开府仪同三司，谥曰忠壮。太建四年，诏配亨高祖庙嗣。"上述记载生动地勾画出程灵洗的生平为人，其中虽未明确他的武功，但隐约间已透露了他的勇力与健行及豪侠仗义。《本传》同时大量记述了他与子文季的救乱与治军，文长且不录。注意：太极功的早期名谓是"小九天"。在没有旁证的情况下，世论多质疑此说，一是传统说法认武当道士张三丰为太极拳创始人，二是唐豪、顾留馨认为河南温县陈王庭为创始人。前说为旧说，后说为新说。当今新说备受质疑，尚在学人考论中。旧说相沿成说，似也未有确据。通常观点都认为太极拳诞生历史不会超过二三百年。假若世传《宋谱》为可信，那么太极拳历史就要上推千余年。笺注者认为，对此重大历史问题可以先不下结论，以俟将来，可先慎重论考。笔者与太极拳研究家余功保先生有一个共识：太极拳的发展渊源由来已久，它的理论基础可以追溯到先秦文化。笔者认为中国传统历来习惯为各个行业供奉一个始祖，如传说蒙恬造笔、蔡伦造纸，以及奉张仲景为医圣，孙思邈为药圣之类。然而后世的出土及考古研究已经证明，早在蒙恬之前已有毛笔出现。关于太极拳的创始似也不妨作如是观。作为一门饱含哲学文化和历史积淀的上乘武功，其诞生与演变的过程或许不至为某人一时所能创为。我虽无证据，但更倾向于认为在王宗岳之前早已有太极拳功流传，因为王的拳论已透露了这一信息。我甚至认为张三丰也不一定是创始者，但他可能是集大成者。休宁现为县，隋代开皇十八年（公元598年）曾改为海宁县置，属歙州。北宋宣和三年（公元1121年）属徽州。明代属徽州府。

② 侯景之乱，是指我国南北朝时期东魏降将侯景勾结京城守将萧正德谋反叛乱之史事。梁武帝中大同二年（公元547年）侯景降梁，被封为河南王。后东魏攻侯景，他食尽兵败。曾于梁太清二年

（公元 548）率残部渡淮而南。后梁武帝兵讨侯景。是年十月，侯景连下谯周（今安徽滁县）、历阳（今安徽和县），从横江渡江到采石，直逼建康（今江苏南京）。"惟歙州保全"当指此际侯景兵乱南下时。守军萧正德叛应侯景，太清三年（公元 549 年）石头城陷，侯军杀戮不止，哀鸿遍野。南北朝时期是我国历史上的一个乱世。程灵洗被梁元帝萧绎（公元 552—554 年在位）授以"本郡太守"，因此，他应生活在梁武帝、元帝时代。

③ 程珌（1164—1242），珌音必，指刀、剑鞘口处装饰用的小方玉。昌化，在古代有海南儋州、山西离石、浙江临安三处同此名。不知程珌所授为何。新安郡为西晋太康元年（公元 280 年）改吴新都郡置，属扬州。辖境相当今安徽黄山市大部及歙县、休宁、黟县、祁门、绩溪等县，包括江西婺源、浙江淳安县地。隋开皇九年废（公元 589 年），后隋大业三年（公元 607 年）改歙州置，治所休宁县，后又移治歙县，辖境相当今安徽新安江上游流域及祁门县、婺源县地。唐天宝元年（公元 742 年）改为新安郡。后世以新安为歙州、徽州二处别称。查程珌，《宋史·列传·第一百八十一》有传，"字怀古，徽州休宁人。绍熙（李本记为'绍兴'，误）四年（公元 1193 年）进士。授昌化主簿（李本记为'薄'，误），调建康府教授，改知富阳县，迁主管官高院。""权吏部侍郎""兼权吏部尚书，拜翰林学士"，"进封新安郡侯"，"以端明殿学士致仕，卒年七十有九。""十岁咏冰，语出惊人"。李本所记，与《宋史》本传有同有异，足资参证。李本中"立朝刚正，风裁凛然"及"居家常……"一段文字，《宋史》本传无。可见，程灵洗与程珌都是史有其人的。致仕，等于是退休。

④ 粜，音跳，卖粮食。平粜，即以常价卖米，不哄抬物价之意。李本之《宋谱》记曰："凡有利众者，必尽心焉"，程珌的人品在朝在野都值得尊敬。"珌将太极拳功立一名为小九天"，此是一件武术史上的大事。或许在程珌之前的先天拳、三世七、太极拳、长拳都与程珌命名的小九天名异而实同。"书韩传者，不敢忘先师之授也"，正是尊师重道的表现。程珌为程灵洗之后世，两人相距五百余年，但太极功却似乎世代家传。太极拳界应该正视相关史料，披沙拣金，以冀还历史一个真实。我们尊重权威，但也不要迷信任何权威，因为有些

权威也不免有一叶障目的时候，如有成见在心则武术史研究就会增加一些迷惑。笺注者不相信一个并不怎么想显露于世的宋远桥可以将上述历史编制得如此完整。而宋书铭也一样，他和他披露的《宋谱》会不会有像当年清乾隆时的清宫把真黄公望《富春山居图》视为伪迹而却将赝品视为真迹一样的遭际？

小九天法式

七星八步、开天门、什锦背、提手、卧虎跳涧、单鞭、射雁、穿梭、白鹤升空、大挡捶、小挡捶、叶里花、猴顶云、揽雀尾、八方掌。

笺注：

由韩拱月、程灵洗、程珌传下的"小九天"太极功共十五式。由许宣平、宋远桥、宋书铭传下的"三世七"太极功共三十七式（实为四十三式，宋远桥增四正、四隅、九宫步、七星八步、双鞭、双摆莲六式）。比照二者发现有七星八步、提手、单鞭、射雁、穿梭、揽雀尾、八方掌等式名目相同或相近，而且，大挡捶、小挡捶疑与指点捶相似，白鹤升空疑与凤凰展翅相似。其实武术拳式名谓之差讹，至今在陈、杨、武、吴、孙、赵堡的流行架式中亦普遍存在，往往是因口传音似而略异，实质即一式。如山通背、闪通背、三通背、扇通背者即是。有时咬文嚼字往往忽略其内在实质，一叶障目，不见泰山。古代武术口传为主，有时纵有谱留传，或习武记谱者不文，或抄谱者不懂武，更因古代人写字爱用通假字，因此拳谱传抄略有出入，实不足为奇，也不影响实质。实因有个别文人好武又好事，无端生出不少是非。中国武术是中国文化的重要载体和组成部分，中国文化传统是象数思维体系，因此，象形会意是免不了的。况且，武术乃实证、身证之修为，在中国文化中十分强调实际能力，"文字语言都落第二峰头"。如果仔细比对，也不难发现"三世七"与现代流行诸派太极拳名目上的通似性。如"进搬拦"与"上步搬拦捶"，"挥琵琶"与"手挥琵琶"，"上提手"与"提手上势"，"倒辇猴头"与"倒撵猴"，"肘下捶"与"肘底看捶"，"上跨虎"与"退步跨虎"之类，实为一事，限于篇幅，不多引证。

（观经悟会法）①

太极者非纯工于易经不能得也。② 以易经一书必须朝夕悟在心内，会在身中，超以象外，得其寰中。人所不知而独知之妙，若非得师一点心法之传，如何能致？我手之舞之，乐在其中矣。③

笺注：

① 李本此处疏失此节"观经悟会法"名目，应补上。

② 此语直泄太极拳功之密钥，非练太极操舞者可知解。可惜前贤苦心早被世人忽略。

③ 悟在心内，会在身中，实修之义也。所谓修炼太极要先明理，理即易经"一阴一阳之谓道"之理。武禹襄《太极拳论要解》明指："先在心，后在身"，显然，心不知而求身知是不可能的。"势势存心揆用意"，"仔细留心向推求"（王宗岳）皆是"朝夕悟在心内"之要求也。当然，演练时之"势势存心"与研悟时"仔细留心"尚有不同，但其陈义亦无分别：必须向内求，全在里边，"凡此皆是意，不是外面"（武禹襄《十三势说略》）。"人所不知而独知之妙，若非得师一点心法之传，如何能致？"真是一语说到家了（参看王宗岳"入门引路须口授"），不然，"枉费功夫贻叹息"之语，岂非同一态度！笺注者认为，所有传统技艺都有这个特点，即要口传身授，不然是很难得到口诀和要领的。世上有太多聪明人，但也只能"不遇真师莫强睬"。许多人习练太极拳多年，十分刻苦，但终未得真实功夫，关键在未遇明师真传。内功心法是传统内家功夫的核心，得与不得，知与不知是不一样的。宋远桥既得诀才能"手之舞之，乐在其中"，俞莲舟也是因学了内功心法而"自此不但无敌，而后亦得全体大用矣"，都是过来人语，才能喜形于色，其美快非常人可知。李经梧老师传内功心法也是很慎重的。有人认为这是故弄玄虚，只有一笑了。笔者既受教于经梧师，后又问道于胡海牙老师，胡老教曰：对了的都是一个，不对的千差万别。李师、胡师所授几无差别，略有小异而已。古语说："得诀归来好看书"，以笔者研习太极之体会，古人不我欺也。有人认为太极无秘可言，那也算一种说法吧。"内外性命双修"总要落到实处，实处之要即是内功心法，古人说："性要悟，命要传"，传的就是这个。

用功五志

博学（是多［多用］功夫）[1]，审问（不是口问是听劲）[2]，慎思（听而后留心相［想］念）[3]，明辨（生生不已）[4]，笃行（如天行健）[5]。

笺注：

① 有的抄本此章节题目为"功用五志"。经推敲，显然以"用功"为宜。此节文字直接化用《中庸》之《问政章》一段文字："诚之者，择善而固执之者也。博学之，审问之，慎思之，明辨之，笃行之。"《中庸》之旨，言诚中发外、从容中道之旨也。博学乃转益多师广泛问学之意。原书附注应是"多用功夫"。传统技艺未有不用功夫而成者。

② 审问，审慎仔细。附注明言"不是口问是听劲"，见微知著，听劲至灵。

③ 慎思，再三回想。附注"相念"应为"想念"。与人听劲后仔细回味思考。

④ 明而辨，辨而明，则懂劲，懂劲后愈练愈精，是生生不已。

⑤ 笃，坚持不懈。天行健，自强不息。中国武术，功夫功夫，功到自然成。但功夫要用在明理懂劲上，不可误指灵山，功若练反了，无益有害。笺注者遇到有些练太极拳者，心慌、胸闷，或血压降低，或膝盖疼痛，皆是练错了。可不慎欤？！

四性归原歌

世人不知己之性，何能得（知）人之性？[1] 物性亦如人之性，至于天地亦此性。我赖天地以存身，天地赖我以缴局。若能先求知我性，天地受我偏独灵。[2]

笺注：

① 李本"何能得"后失"知"字，应补上。

② 缴，即致字。己性，人性，物性，天地性，是谓四性。性，指上天赋予万物的本性。有生即有性，性即本来。天生、天命、生性、生命、本性，皆一事。本性与生俱来，是谓个性，物物一个性，物物一性命，物物一太极。己之性，他人之性，物之性，天地之性，虽分而四，实合而为一。一即原，一即元，原即始，元即初，是万

李经梧 太极 内功及所藏秘谱

136

殊万物皆从一元（原始）来。《老子》谓："天下有始，以为天下母。既得其母，以知其子。"母即天地之先，即"无"，无中生有，即一。《荀子·天论》谓："列星随旋，日月递炤（音照），四时代御，阴阳大化，风雨博施，万物各得其和以生，各得其养以成，不见其事而见其功，夫是之谓神。"万物被"造化"，大造化是最大最原始的"一"，也即"原"。中国文化精神"原始返终"，西汉董仲舒已用"元气"概念。元气一元论对后世影响深远。存心养性（儒），修心炼性（道），明心见性（佛），三家一理。太极拳功以"性命双修"，然此节明确以"性"为本原。使四性归本原合为一，要"先求知我性"，先知己后知彼，修养与较量都如此。人为天地万物之灵，先明自性，则知人，知物，知天地。《周易·说卦传》："和顺于道德而理于义，穷理尽性以至于命。"天性、天命是开始也是结果。性即命，人也天。

一己之性，为个性，万物一如为共性，这是哲学命题。从《太极拳秘宗》许多处文字来看，其中含寓着深厚的儒道释合一思想，体现着唐宋以来的理学、道学、心学色彩。可见记述者、论述者非比寻常的文化修养以及渊深的学术背景，由此也可看出，《太极拳秘宗》不是某人随意可以杜撰出来的，它体大思精，学植深湛。笺注者在多年的学习研究中深切体悟到这一点。阅读全文，宋元明的思想气息扑面而来。我们都承认太极拳是文化拳、哲学拳，但为什么在面对其深厚的文化学理时，却又不能心平气和，而是先入为主，以时风成见对此视而不见？正是因为有此道此理此文此化，乃有此拳啊。

后天法之缘起

胡镜子在扬州自称之名，不知姓氏，乃宋仲殊师也。仲殊安州人，尝游姑苏台，柱上倒书一绝云："天长地久任悠悠，你既无心我亦休。浪迹天涯人不管，春风吹笛酒家楼。"仲殊所传殷利亨太极拳，名曰后天法，亦是掤捋挤按採挒肘靠也。然而式法名目不同，其功用则一。如一家分居，各有所为也，然而根本非两事也。

笺注：

此段所言重点在于表明：太极拳世所流传"式法名目不同，其功用则一"。它是同出一家的，本文献强调的是无论"小九天"、"先天拳"、"后天法"、"三世七"与"太极拳"都是一脉，"根本非两事也"。胡镜子、宋仲殊生平不详。安州有多处，不详此何所指。姑苏台，又名胥台，在今江苏苏州市西南姑苏山上。

后天法目

阳肘、阴肘、遮阴肘、晾阳肘、肘里枪、肘开花、八方捶、阴五掌、阳五掌、单鞭肘、双鞭肘、卧虎肘、云飞肘、研磨肘、山通肘、两膝肘、一膝肘。以上乃太极功各家名目。因余身临其境，并得良友往来相助，皆非作技艺观人者也。一家人恐其久而差也，故笔之于书，以授后人玩索而有得焉。则终身用之有不能尽者矣。其余太极再有别名目拳法，惟太极则不能两说也。若太极说有不同，断乎不一家也。却无论功夫高低上下，一家人并无两家话也。①自上之先师而上溯其根源，东方先生再上而溯，始孟子，当列国纷纷，固将立命之功，所谓养我浩然之气，塞于天地之间。欲大成者则化功也，小成者武事也。立命之道非气体之充胡能也。由立命以尽性，至于穷神达化。自天子至于庶人，何莫非诚意正心修身始也？②书及后世，万不可轻泄传人。若谓不传人，当年先祖师何以传至余家也？却无论亲朋远近，所传者贤也！遵先师之命，不敢妄传，后辈如传人之时，必须想余绪记之心血与先师之训诲也。③

笺注：

① 此段文明确说"天下太极是一家"之旨。"不能两说"，即不能妄生歧义，如佛家谓"起分别心"。无论何派何门太极本出一源，理无二致！

② 此处"东方先生"不详所指。然上溯至孟子，可见注者尝谓太极之产生当以道儒文化为根柢之有据。前文内"秘歌"有"尽性立命"之要诀，正与此处呼应。立命需养气，充气则命立而尽性，再至"穷神达化"。说到底，做人的道德是太极拳的开始也是目的。故陈鑫有"学太极拳不可不敬"之说，"诚敬"为学拳之首务。胡能，何能、不能之意。

③ "所传者贤"，乃是传统"徒访师三年，师访徒三年"之依据。

此书十不传

一不传外教①，二不传无德，三不传不知师弟②之道者，四不传守不住者，五不传半途而废者，六不传得宝忘师者，七不传无纳履③之心者，八不传好怒好愠者，九不传外欲太多者，十不传匪事④多端者。

笺注：

① 外教，于道言儒为外教，于儒道言佛为外教，于儒释道言基督穆斯林为外教。因此，必知此文所著年代而后知以何为外教。

② 师弟：师傅与徒弟。

③ 纳履指汉张良圯桥下为黄石公拾鞋之典故。

④ 匪，非也；匪事，是非多意。

此书有四忌

忌饮过量之酒，忌当色者夫妇之道要将有别字认清，忌无义之财，忌动不合中之气一饮一啄在内。

笺注：

可以看出"十不传"与"四忌"、"五志"等在本文献中的重要性，都是在强调做人和道德的重要。世上只有太极拳如此强调人品道德对于拳功的重要。大到道德，小到饮啄在内，足见立旨之高远，可知太极先贤之用心。

用功三小忌

吃食多，水饮多，睡时多。

四刀　十三式

腾挪闪展、左顾右盼、白鹤亮翅、推窗望月、玉女穿梭、上三开、转身踢脚、打虎二起脚、斜身踢脚、蹲身飞脚、顺水推舟、下双鞭、卧虎跳涧。

笺注：

对吃喝睡的要求旨在让人勤练功而已。此处十三式太极刀名目与后世所记略异，但大体相同（可参见此文献最后部分今传太极刀名目）。

目录

八门五步

掤南　擟西　挤东　按北　採西北　挒东南　肘东北　靠西南

八门

坎　离　兑　震　巽　乾　坤　艮

方位八门乃为阴阳颠倒之理，周而复始，随其所行也。总之，四正四隅不可不知矣。夫掤、擟、挤、按是四正之手，採、挒、肘、靠是四隅之手，合隅正之手得门位之卦。以身分步，五行在意，支撑八面。五行者，进步火、退步水、左顾木、右盼金、定之方中土也。夫进退为水火之步，顾盼为金木之步，以中土为枢机之轴。怀藏八卦，脚跐五行，手步八五，其数十三。出于自然十三势也。名之曰八门五步。

笺注：

上段文字十分流行，言简意明，不劳多言。应该说，从此部分开始是"秘宗"的功理功法之主要部分。卦位与身、步、手密切相合，八门即八卦，五步即五行，体现完整的易经时空占位观。此中强调"中土为枢机之轴"，正是太极拳"活泼于腰"的另一种说法。杨本、吴本由此后内容开始，此前无。

八门五步用功法

八卦五行是人生成固有之良。必先明知觉运（动）四字之本，由知觉运（动）得之后，[1] 而后方能懂劲，由懂劲后始能接及神明。然用功之初，要知知觉运动虽固有之良，亦甚难得之于我也。[2]

笺注：

[1] 李本运后失"动"字，当补上。

②"始能接及神明"杨本、吴本作"自能接及"。"得之于我"，杨本无"之"字。手与步法之十三势也即十三种人身劲路，乃天生本具，人身固有之良知良能。所谓"自然"，自然而然。但此自然因人身后天习染多失，固需返还其先天自然。此处所论深契老子"道法自然"之旨。孙禄堂谓："神气散步而为十三式（势）。至此时，血气之力自消，神妙之道自至矣"（《太极拳学》）。又谓："夫道一而已矣，在天曰命，在人曰性，在物曰理，在拳术曰内劲"（《拳意述真》）。孙先生认为"内劲"是"道"，是人的"神气散步"。那么，"知觉运动"即是"神气散步"。此段文字昭示，神明变化概由"懂劲"来，"懂劲"即人身固有知觉之见微知著也。这种"懂劲"能力首要在于"听劲"。王宗岳谓："阴阳相济，方为懂劲"（《太极拳论》），可见，阴阳相济，即刚柔虚实开合相反相成的知觉反应至微至灵，称为"懂劲"。此得之难，也即我人不易返还于先天也。

固有分明法

盖人降世之初，①目能视，耳能听，鼻能闻，口能食，颜色声音香臭五味皆天然知觉固有之良，其手舞足蹈（于）四肢之能，皆天然运动之良。思及此，是人孰无？②因人性近习远，失迷固有，要想还我固有，非乃武无以寻运动之根由，非乃文无以得知觉之本原，是乃运动而知觉也。夫运而知，动而知，不动不觉，不动不知。③运极则为动，觉盛则为知，动知者易，运觉者难。先求自己知觉运动得之于身，自能知人。要先求知人恐失于自己，不可不知此理也，夫而（后）懂劲然也。④

笺注：

①"降世"杨本、吴本均作"降生"。

②李本"手舞足蹈"后失"于"字，当补上。"孰"字杨本与吴本皆作"熟"，误。

③"不动不觉"杨本、吴本皆作"不运不觉"。

④李本"夫而"后失"后"字，当补上。

文中此段大意强调五官之能为"知觉"，四肢之能为"运动"，皆先天本能，后天迷失，必乃文乃武而运动知觉，且先知己后知彼，才可言"懂劲"。吴公仪谓："身有所感，心有所觉"，"听之谓权，即权其轻重也”，“所谓先知先觉，后知后觉，不知不觉，此为吾道之三大境界”（《太极拳讲义》）。太极功夫追求“一片神行”，应属先知先觉。故懂劲是先知己，有中定谓“管住自己”，然后听彼之劲，灵敏至极，尺寸分毫不差，才为懂劲。

沾粘连随

沾者，提上拔高之谓也；粘者，留恋缱绻之谓也；连者，舍己无离之谓也；随者，彼走此应之谓也。要知人之知觉运动，非明沾粘连随不可，斯沾粘连随之功夫亦甚细矣。

笺注：

武禹襄谓：“如意要向上，即寓下意。若将物掀起，而加以挫之之力，斯其根自断，乃坏之速而无疑”（《十三势说略》）。此沾之意也。又谓：“以己粘人，必须知人”（《太极拳解》）。王宗岳谓：“粘即是走，走即是粘”（《太极拳论》）。笺注者认为，沾粘连随，分之则四，合之乃一。试问留恋缱绻与彼走此应不是密切相关吗？沾与粘能分开吗？李亦畲说：“盖吸则自然提得起，亦拏得人起；呼则自然沉得下，亦放得人出”（《五字诀》），是呼吸吐纳与开合收放息息相关。吸提拏起无沾粘可乎？沾粘无连随可乎？是说理必分别，而应用则只在瞬间整合。沾粘连随即知觉运动，“甚细”二字至要。

顶偏丢抗

顶者，出头之谓也；偏者，不及之谓也[①]；丢者，离开之谓也；抗者，太过之谓也。要知于此四字之病，不但沾粘连随，断不明知觉运动也。初学对手不可不知也，更不可不去此病，所难者沾粘连随而不许顶偏丢抗，所不易矣。[②]

笺注：

① 杨本、吴本均将“偏”写作“匾”。匾，专指匾额，误。如谓物体扁平，应为扁。偏，不正。衡之，此处当为扁意，不及之意。顶为过，扁为不及，盖“过犹不及”均不合拳理。丢与抗、顶与扁，均不对。欲避此四病，只有用中，守中土也。

② 对手，对待，即今推手。

142

对待无病

顶偏丢抗失于对待也。所以为之病者，既失沾粘连随，何以获知觉运动？既不知己，焉能知人？所谓对待者，不以顶偏丢抗相对于人，要以沾粘连随等待于人也。能如是，不但无对待之病，知觉运动自然得矣，可以进于懂劲之功矣。

笺注：

此段文字交代至清楚。知觉运动→沾粘连随，能沾粘连随则不顶偏丢抗，则知觉运动，则近乎懂劲。对，两人相对，待，"气宜鼓荡，神宜内敛"（武禹襄），"彼不动，己不动；彼微动，己先动"，"机由己发，力从人借"（武禹襄），即对待相较时之应用也。有病需治，治病即去顶偏丢抗，即李经梧老师指教的"不丢不顶，不丢顶"，"无过无不及"，仍是守中之道。

对待用功法守中土（俗名站桩）

定之方中足有根，先明四正进退身。掤捋挤按自四手，须费功夫得其真。身形腰顶皆可以，沾粘连随意气均。运动知觉来相应，神是君位骨肉臣。[①] 分明火候七十二，天然乃武并乃文。[②]

笺注：

① 中定是太极功之核心。"法守中土"是最高原则。标题后注"俗名站桩"，即中定不动为站桩，无极式也。王宗岳谓："意气君来骨肉臣"（《十三势歌》），武禹襄谓："全身意在蓄神"（《太极拳论要解》）。神与意通似。太极功以不变应万变，得其环中，以应无穷，个中玄妙正如孙禄堂所谓"空中"之妙，守其虚灵之中宫，而后可以"支撑八面"，可以对待。李经梧师尝谓："有中定然后有一切。"

② 七十二，指七十二候。古人以五日为一候，一月五候，三候一节气，一年共二十四节气，七十二候。又认为天候七十二对应于五脏，每脏主气运七十二日。此皆古代丹道养生家修炼用语，故说"火候七十二"。也证明太极拳与内丹之关系至密。本文献认为文为体、武为用，故内外、性命、动静、文武皆一事。

身形腰顶

身形腰顶岂可无？缺一何必费功夫。腰顶穷研生不已，身形顺我自伸舒。舍此真理终何极？十年数载亦糊涂。

笺注：

此段文字是言身、腰、顶之重要。身不散乱、腰如轴活、虚灵顶劲此三处之要妙，前人论之殊多，不赘述。

太极圈

退圈容易进圈难，不离腰顶后与前。所难中土不离位，退易进难仔细研。此为动功非站定，倚身进退并比肩。能如水磨摧急缓，云龙风虎象周旋。[①] 要用天盘从此觅，久而久之出天然。[②]

笺注：

① 腰、顶、后、前，此上下前后之圈沿也。太极圈即在此等处旋转。汪永泉有"三圈"说可参看。主宰太极圈的是中宫，也即中土，中土不离位，即中定也。中心定而外圈像水磨一样周旋，久之自然功成。

② 天盘又名天地盘，是古代术数"六壬课"占具。由天盘（在上，以象天时）和地盘（在下，以象地）两部分组成。天盘可转动，而地盘不能动，天地盘中有轴贯穿固定，占卜时转天盘视天干地支相配位置而起课。此处喻太极圈要如天盘一样旋转周旋，用以练功。

太极进退不已功

掤进捋退自然理，阴阳水火既相济。先知四手得来真，采挒肘靠方可许。四隅从此演出来，十三势架永无已。所以因之名长拳，任君开展与收敛，千万不可离太极。

笺注：

此段文字强调掤捋挤按四正手为主要，能四正而后求四隅手，四正为主，四隅乃从。至于四正四隅相连不断后，随意开展紧凑，只要不离太极之理即可。"先求开展，后求紧凑"，开与合（收敛），都是一也，整中有分（虚实）即太极。

太极上下名天地

四手上下分天地，采挒肘靠由有去。采天靠地相应求，何患上下不既济。若（使）挒肘皆远离，（迷）了乾坤叹堪惜。此说亦明天地盘，进用肘挒归人字。

笺注：

李本在"若"后失"使"字，应补上。杨本、吴本中，"皆远离"均作"习远离"。李本在"了"字前失"迷"字，应补上。杨本、吴本之"叹堪惜"均作"遗叹惜"。此处之四手指采挒肘靠，谓此四隅手可代指天地乾坤。采天靠地，李经梧师称采天拽地，谓采往下劲也，靠，由下往上劲也，挒肘则用中盘人字功劲也。明此则天地阴阳相济于中。

太极人盘八字歌

八卦正隅八字歌，十三之数不几何。几何若是无平准，丢了腰顶气叹哦。不断要言只两字，君臣骨肉细琢磨。功夫内外均不断，对待之数岂能错？对待于人出自然，于兹往复地天。但求舍己无深病，上下进退永连绵。

笺注：

此谓四正四隅加五步共十三势，关要只在腰与顶不失平准。王宗岳谓："立如平准，活似车轮。偏沉则随，双重则滞"（《太极拳论》）。肩与胯皆平衡，谓之四平。"顶头悬"谓之中轴，"满身轻利顶头悬"。太极讲随，而恶滞。偏沉谓虚实分清也。"丢了腰顶"即失平准，失中轴。"意气君来骨肉臣"，意气为内，骨肉为外。王宗岳谓："本是舍己从人，多误舍近求远"（《太极拳论》），能舍己则无深病。武禹襄谓："有上即有下，有前即有后，有左即有右"（《十三势说略》），即上下前后左右进退皆一体也。天地人三盘，此文是说人盘之功用也。

太极体用解

理为精气神之体，精气神为身之体。身为心之用，劲为身之用。心身有一定之主宰者，理也。精气神有一定之主宰者，意诚也。诚者，天道，诚之者，人道，俱不外意念须臾之间。要知天人同体之理，自得日月流行之气。其气意之流行，精神自隐，微乎理矣。夫而后言乃武乃圣乃文乃神，则得矣。若特以武事论之于心身，用之劲力，仍归于道之本也。故不得独以末技云。劲由于筋，力由于骨。如以持物论之，有力能执数百斤，是骨节皮毛之外操也，故有硬力。如以全体之有劲，似不能持几斤，是精气之内壮也。虽然若是，功成后犹有妙出于硬力者，修身体育之道有然也。

笺注：

李本之"乃武乃圣乃文乃神""不得独以末技云"，吴本、杨本均作"乃武乃文乃圣乃神""以末技云尔"，似更妥。从此段文字看，宋氏所述大有理学色彩，然已经过太极拳家之转换化用。"理为精气神之体，精气神为身之体"可证。"身为心之用，劲为身之用"，体用关系，纯出传统哲学。说诚，儒学之言也。"气意之流行，精神自隐"一语，是过来人言，谓功夫上身后，可以体察，不待意矣。李经梧老师谓："接手之际不用想，想则慢了"，身知之意。以技进道，乃祖述庄子之论。"劲由于筋，力由于骨"，是传统武学所主张。李师晚年尝说：给我一篮子鸡蛋未必提得起，但若人加我以力，则必借而还之。"故功成后犹有妙出于硬力者"，正如本文所说："是精气之内壮也。""精气之内壮"，正是内家所专修。习武者当于此处用心才能知古老太极之功！

太极文武解

文者，体也；武者，用也。文功在武用精气神也，为之体育。武功得文体于心身也，为之武事。夫文武尤有火候之谓，在舒卷得其时中，体育之本也。文武使于对待之际，在蓄发当其可者，武事之根也，故云武事文为，柔软体操也。精气神筋劲，武事武用，刚硬武事也，心身之骨力也。文无武之预备为之有体无用，武无文之伴侣为之有用无体，如独木难支、孤掌不响。不惟体育武事之功，事事诸如此理也。文者，内理也；武者，外数也。有外数无内理必为血气之勇，失于本来面目，欺敌必败。内有文理无外数，徒思安静之学，未知用的采战，差微则亡耳。（自用人，）文武二字岂可不解哉？

笺注：

此段文字主旨是说"文者，体也；武者，用也"，"文者，内理

也；武者，外数也"。此处所用之"文"与通常不同，专指太极拳功中之内在本体，也可理解为人身精神的运用与修炼。大概言之，体用是传统哲学范畴，有体方有用。传统武学养生学无不强调性命、内外双修，其实，本文献认为文为养用，武为施用，亦刚柔之义也。理与数，源于易，易象、易理、易数，可见太极之古传以易演武。采战，采补，又称采药，《金丹大要》称："用工而进火，谓之野战。"总之，养生修内当用文功文火而采药（有大小内外之别），采药时火候有文有武，用武火者即野战也。此必师传，胡练"则亡耳"。吴本、杨本之"舒卷"均作"放卷"。且"则亡耳"后失"自用人"几字，当补。

太极懂劲解

自己懂劲接及神明，为之文成，而后采战身中之阴，七十有二，无时不然。阳得其阴，水火既济，乾坤交泰，性命保真矣。于人懂劲视听之际，遇而变化，自得曲成之妙，形著于明，不劳运动觉知也。功至此可为攸往咸宜，无须有心之运用耳。

笺注：

自己懂劲，所谓文成，即自体成，拳论所谓"知己功夫"（采战、七十二均见前注）。此谓身体"水火既济，乾坤交泰"可养生延寿也。于人懂劲即武就，即拳论所谓"知人功夫"。既知己知人，则"从心所欲不逾矩"了。

八五十三势长拳解

自己用功一势一式用成之后，合之为长，滔滔不断，周而复始，所以名长拳也。万不得有一定架子，恐日久入于滑拳，又恐入于硬拳也。[①] 决不可失其绵软，周身往复，精神意气之本，用久自然贯通，无往不至，何坚不摧也。对待于人四手当先，亦自八门五步而来。占四手，手手碾磨，进退四手，中四手，上下四手，三才四手，由下乘长拳四手起，大开大展，炼至紧凑屈伸自由之功，则升之中上乘矣。[②]

笺注：

① "一定架子"吴本、杨本为"一定之架子"。滑拳谓只用软也，"大松大柔"说近此。硬拳谓只用僵力也。太极拳者，阴阳并用、刚

柔并济之拳也。此处提出"不得有一定架子",不可误会,是说不能定止之意,不是说不用架势。又谓"不可失其绵软",是说外用柔软。

②"对待于人"杨本、吴本均作"于人对待"。"四手当先",即四正手当先。"中上乘"杨本、吴本均作"中上成"。本文献认为长拳的开展阶段为下乘,必由之上求紧凑之中乘。

太极阴阳颠倒解

阳:乾、天、日、火、离、舒、出、发、对、开、臣、肉、用、气、身、武(立命)、方、呼、上、进、隔;阴:坤、地、月、水、坎、卷、入、蓄、待、合、君、骨、体、理、心、文(尽性)、圆、吸、下、退、正。①盖颠之理,水火二字解之可以明矣。如火炎上,水润下者。水能使火在下而用水在上,则为颠倒。然非有法治之则不得矣。譬如水入鼎内而治[置]火之上,②鼎中之水得火以燃之,不但水不能下润,藉火气水必有温时;火虽炎上,得鼎以隔之,是为有极之地,不便[使]炎上,火无上[止]息,③亦不使润下之水(永)渗漏,④此为水火既济之理也、颠倒之理也。若使任其火炎上水润下,⑤必至水火必分为二,则为水火未济也。故云分而为二合之为一之理也。故云一而二二而一,总斯理为三,天地人也。明此阴阳颠倒之理,则可与言道,知道不可须臾离也,(则可与言)人,能以人弘道,⑥知道不远人,则可与言天地同体,上天下地,人在其中矣。苟能参天察地与日月合其明,与五岳四渎无朽,⑦与四时之错行,与草木并枯荣,明神鬼之吉凶,知人事之兴衰,则可言乾坤为大天地,人为一小天地也。夫人之身心,致知格物于天地之知能,则可言人之良知良能。若思不失固有,由其功用,⑧浩然正气,直养无害,悠久无疆矣。所谓人身生成一小天地者,天也,地也,命也,人也,虚灵也,神也。若不明此者,乌能配天地为三乎?然非尽性立命、穷神达化之功,胡为乎来哉?⑨

笺注:

① 杨本、吴本凡"舒"字均作"放"。以"武"火为立命,以"文"火为尽性,可谓火候在于文武之中。

②"治火之上"之"治"当为"置"字。

③"火无上息"乃李本之误,应为"止息"。"不便"应为"不使"。

④ 李本之"渗漏"前失一"永"字，应补上。

⑤ 杨本误"水润下"为"来润下"。

⑥ 李本之"须臾离也"后失"则可与言"四字，当补上。

⑦ 杨本、吴本之"无朽"均作"华朽"，误。五岳指东、西、南、北、中五岳，四渎指江、河、湖、海四渎。

⑧ 李本之"由"字可去。

⑨ 杨本、吴本此段为"天也，性也，地也，命也，人也"，较准确，李本应改。

阴阳颠倒之功为太极拳功之要点。其理上文述之已明，不拟赘言。盖心为火，肾为水，意为火，呼吸为风，颠倒之功是使心火下潜，肾水上升，则颠倒矣。使真阳与真阴相聚于中宫，则既济矣。肾水坎，心火离，又谓坎离交媾也。古语云："性要悟，命要传，只在中间颠倒颠。"火无止息，水无渗漏，永远是火烧水蒸气的样子，是谓温养，是理想的既济状态。天地人皆指大天地又指小天地，斯天人合一也。又良知良能之固有只在"养浩然气"一法中求可也。

人身太极解

人之周身，心为一身之主宰。主宰，太极也。二目为日月，即两仪也。头象天足象地，人中之人及中腕合之为三才。四肢四象也。肾水、心火、肝木、肺金、脾土皆属阴，膀胱水、小肠火、胆木、大肠金、胃土皆属阳，兹为内也。颅顶火，① 地阁承浆水，左耳金，右耳木，两命门，兹为外也。神出于心，眼目为心之苗；精出于（肾）脑，② 肾为精之本；气出于肺，胆气为肺之原。视思明，心动（神）流也；③ 听思聪，脑动肾滑也。鼻之息香臭，口之呼吸出入，水咸木酸土辣火苦金甜，及言语声音，木亮［毫］、火焦、金润、土塌、水漂、鼻息口呼吸之味，皆气之往来，肺之门户。④ 肝胆巽震之风雷，发之声音，出入五味。此言口、目、鼻、舌、神、意，使之六合，以正以破六欲也，⑤ 此内也。手、足、肩、膝、肘、胯，亦使六合，以正六道也，此外也。

眼、耳、鼻、口、大小便、肚脐，外七窍也。喜怒忧思悲肺恐肾惊胆，（内七情也），⑥ 七情皆以心主。喜心、怒肝、忧脾、悲肺、恐肾、惊胆、思小肠、怕膀胱、愁胃、虑大肠，此内也。

夫南离正午火心经，北坎正子水肾经，东震正卯木肝经，西兑正酉金肺经，乾西北隅金大肠化水，坤西南隅土脾化木［土］，^⑦ 巽东南隅胆水［木］化土，^⑧ 艮东北隅胃土化火，此内八卦也。外八卦者，二四为肩，六八为足，上九下一，左三右七也。坎一、坤二、震三、巽四、中五、乾六、兑七、艮八、离九，此九宫也。内九宫亦如此。表里者，乙肝左肋化金通肺，甲胆化土通脾，丁心化木中胆通肝，丙小肠化水通肾，己脾化土通胃，戊胃化火通心，后背前胸，山泽通气，辛肺右肋化水通肾，庚大肠化金通肺，癸肾下部化火通心，壬膀胱化木通肝，此十天干之内外也。十二地支亦如此之内外也。明斯理则可与言修身之道也。

笺注：

① 杨本、吴本之"颅"后为"丁火"。

② "精出于脑"杨本、吴本皆作"出于肾脑"，李本失"肾"字，应补上。

③ 李本之"心动"后失"神"字，应补上。

④ "木亮"，杨本作"木毫"，李本、吴本为"木亮"，误，应改。"土塌"杨本、吴本均作"土塕"。

⑤ 杨本、吴本均无"以正"二字。

⑥ 李本多出"肺""肾""胆"诸字，应去。失"内七情也"四字，应补上。

⑦ 李本误，应为"土脾化土"。

⑧ 李本误，应为"胆木化土"。

此文献"以心为太极之主宰"，是人身全体为太极，太极身。故练全体大用。也就是说以身体为太极，一一对应。处处合于易理象数，又合于医理脏腑，医、易、武相通。

太极分文武三成解

盖言道者，非自修身无由得也。^① 然又分为三乘之修法。乘者成也，上乘即大成也，下乘即小成也，中乘即诚之者成也。法分三修，成功一也。文修于内，武修于外。体育内也，武事外也。其修法内外表里，成功集大成即上乘也。由体育之文而得武事之武，或由武事之武而得体育之文，即中乘也。然独知体育不入武事而成者，或专武事不为体育而成者，即小成也。^②

笺注：

① 吴本为"无由得成也"。

② "功夫无息法自修"，王宗岳此语与本文献同一旨趣。修道只能自己。紧紧把握文、体为内修，武事为外修，则可矣。修法有从内而外，又有从外而内，为中成。只修内或只修外，即小成，非内外双修也。

太极下乘武事解

太极之武事，外操柔软，内含坚刚（而求柔软）。而求柔软之于外，久而久之自得内之坚刚，（非有心之坚刚），实有心之柔软也。^① 所难者，内要含蓄坚刚，而不施外，终柔软而迎敌，以柔软而应坚刚，使坚刚尽（化）无有矣。^② 其功何以得乎？要非沾粘连随已成，自得运动知觉，方为懂劲，而后神（而）明之，化境极矣。^③ 夫四两拨千斤之妙，功不及化境，将何以能？是所谓懂沾连，得其视听轻灵之功耳。^④

笺注：

① 李本于"内含坚刚"后失"而求柔软"四字。"实有心之柔软也"前失"非有心之坚刚"一句，当补上。

② "无有矣"前李本失"化"字。

③ 李本"神"后失"而"字。

④ "轻灵之功耳"杨本、吴本均作"轻灵之巧耳"。

武事为下乘，在著者言之凿凿。此与世传张三丰思想相合。太极拳"外操柔软，内含坚刚"思想，已被世人忽略。此坚刚乃积功日久而成，非急功近利可得。而一旦外柔内刚功成，则可以以柔克刚。"筋骨要松，皮毛要攻；节节贯穿，虚灵在中"（蒋发），"极柔软，然后能极坚刚；能沾依，然后能灵活"（武禹襄）可参酌。值得注意的是，作者认为"四两拨千斤"之功夫还去"化境"很远。

太极正功解

太极者，元也。无论内外上下左右不离此元。元也者，太极也，方也，无论内外上下左右不离此方也。夫元者出入，方者进退，^① 随方就元之往来也。方为开展，元为紧凑，方元规矩之至，其孰能出此以外哉？如心得手应，[2] 仰高钻坚，神乎其隐显微明。而且明生生不已，欲罢不能也。

笺注：

① 杨本之"不离此元"后失"元也者"三字。杨本、吴本均将"元者出入，方者进退"作"元之出入，方之进退"。

② "其孰能"杨本、吴本均误作"其就能"。"如心得手应"处，杨本、吴本均作"如此得心应手"。元，通圆字。

太极正功只在"内外上下左右不离此元"。方中寓圆，圆中寓方，随方就圆，随圆带方，开中合，合中开，太极之功在焉。

太极轻重浮沉解

双重为病，干于填实，与沉不同也。双沉不为病，自尔腾虚，与重不易也。双浮为病，只如漂〔飘〕渺，与轻不例也。[1] 双轻不为病，天然清灵，与浮不等也。半轻半重不为病，偏轻偏重为病。半者，半有著落也，所以不为病，偏者，偏无著落也，所以为病。偏无著落，必失方元，半有著落，岂出方元？半浮半沉为（病），失于不及也，[2] 偏浮偏沉，失于太过也。半重偏重，滞而不正也。半轻偏轻，灵而不元也。半沉偏沉，虚而不正也。半浮偏浮，茫而不元也。夫双轻不近于浮则为轻灵，双沉不近（于）重则为离虚，故曰：上手。轻重半有著落，则为平手。除此三者之外，皆为病（手）。[3] 盖内之虚灵不昧，能治〔致〕于外气之清明，流行乎肢体也。[4] 若不穷研轻重浮沉之手，徒劳掘井不及泉之叹耳。然有方元四正之手，表里精粗无不到，则太极大成，[5] 又何云"四隅出方圆"矣。所谓方而圆，圆而方，超乎象外，得其寰中之上手也。

笺注：

① "漂"字误，应为"飘"。

② "为"后失"病"字，当补上。

③ "病"后失"手"字，应补上。

④ 李本之"治于"应为"致于"。

⑤ 吴本、杨本均作"则已极大成"。

双沉、双轻为得，双浮、双重为失。"虚实宜分清楚，一处自有一处虚实，处处总有此一虚实"（武禹襄）。本段文字说的都是虚实关系。主张轻灵而不滞重，但要不失沉着。陈鑫说："拳者，权也"，权衡之微妙之不易，当局者自知。于"沉实"中求"自尔腾虚""离

虚"，这是本文献的一大独见，也是一大贡献。郝为桢当年教孙禄堂所说的如水中立足，仿佛此意。笺注者以为："超乎象外"之"象"在人身形中求之，"得其寰中"之"寰"，则应在太极圈意上领会。

太极四隅解

四正即四方也，所谓掤捋挤按也。初不知方能使元，① 方圆复始之理无已，焉能出隅之手？缘人外之肢体，内之神气，弗轻灵方元，四正之功，始出轻重浮沉之病，则有隅矣。譬如半重、偏重，滞而不正，自然为采挒肘靠之隅手，或双（重填）实，亦出隅手也。② 病多之手，不得已以隅扶之而归元中；方正之手，虽然至底者，肘靠亦及此，以补其所以云尔。然后功夫能致上乘者，亦须获采（挒）而仍归大中至正矣。③ 是四隅之所用者，因失体而补缺云。

笺注：

① 杨本之"方能使元"作"始圆"。

② 李本之"双重填实"失"重填"二字，应补上。

③ 杨本、吴本均将"然后功夫"误为"春后"。李本"采"后失"挒"字，应补上。

本段文字说，因四正手未做好，或不得已，才有四隅手来扶正归圆。但无论四正手四隅手必归乎中正始可，此太极之大本也。

太极平准腰顶解

顶如准，故云顶头悬也。两手即平左右之盘也，腰即平之根株也。立如准，① 所谓轻重浮沉、分厘丝毫则偏，显然矣。有准顶头悬，腰之根株、下尾间至囟门也，② 上下一条线，全凭两手转。③ 变换取分毫，尺寸自己辨，车轮两命门，一纛摇又转。心令气旗使，自然随我便。满身轻利者，金刚罗汉炼。对待有往来，是早或是晚。合则即发去，④ 不必灵〔凌〕霄箭。涵养有多少，一哈而之远。口授须秘传，开门中天见。⑤

笺注：

①"立如准"杨本、吴本均作"立如平准"。

②"腰之根株"杨本、吴本均作"腰之根下株"。

③"两手转"杨本、吴本均作"两平转"。

④ "合则即发去"杨本、吴本均作"合则放发去"。

⑤ 李本将"凌霄箭"写作"灵霄箭"，误。"一哈而之远"杨本与吴本均作"一气哈而远"。"中天见"杨本、吴本均作"见中天"。

"立如平准，活似车轮"（王宗岳）乃是经典太极拳论，此文献与之均合。"上下一条线，全凭两手转"，"车轮两命门，一蠹摇又转"均是太极拳准则。"涵养"乃指充实内功之养气功夫，积贮愈多，则用时之"一哈"才能"之远"。最后一句乃是过来人语，得法得诀，才能开门见天也。有种论点认为太极无秘可言，更无内功可传，是对太极拳功的一种片面见解。如是，则张三丰《内功炼丹秘诀》岂非无用？关于内功，知者自知，不知者自不知。如前所述，太极拳是由拳与功、内与外、性与命、文与武内容组成的。

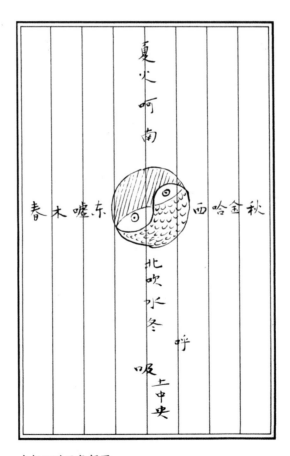

太极四时五气解图

笺注：

披览此图，可见嘘（春、木、东）、呵（夏、火、南）、哈（秋、金、西）、吹（冬、水、北）以及呼吸（土、中央）的吐纳关系。李经梧老师说太极拳是导引术与吐纳术、内丹术的结合。笺注者曾从师友处学得道家六字诀法，与此大同小异，其异在于肺金之哈于"六字诀"中为"呬"，余全同。注意：中央脾土练时为"呼"，而吸则贯穿于诸脏与五方也。道家功法之一脉相承于此也可见一斑。而不知四时五气之练功者多矣，故云"去道日远"。

太极血气根本解

血为营，气为卫，血流行于肉、膜、络，气流行于骨、筋、脉。筋甲为骨之余，发毛为血之余。血旺则发毛盛，气足则筋甲壮。故血气之勇力出于骨皮毛之外壮，气血之体用出于肉筋甲之内壮。气以血之盈虚，血以气之消长，（消长盈虚）周而复始，终身用之不能尽者矣。

笺注：

李本之"周而复始"前失"消长盈虚"四字。此段文字，所言均与中医学通。其重视"内壮"之主张昭昭。拳论讲："以心行气""以气运身"（武禹襄），医理讲："气为血之帅。"郭云深谓："将人身中散乱之气，收纳于丹田之内"，皆此之类也。气通血旺，病患悉除而内力日增矣。

太极力气解

气走于膜脉筋脉，[①] 力出于血肉皮骨。故有力者皆外壮于皮骨，形也，有气者是内壮于筋脉，象也。气血功于内壮，血气功于外壮。要之，明于气血二字之功能，（自）知力气之由来矣。（知）气力之所以然，自知之，[②] 则能用力行气。分别行气于筋脉，用力于皮骨，大不相侔。

笺注：

① 杨本、吴本均作"膜络筋脉"。

② 李本"知力气"前失"自"字，应补上。"矣"后应加"知"字。杨本、吴本最后一句为"自能用力行气之。分别行气于筋脉，用力于皮骨，大不相侔也"。侔，等同之义。

传统学术思想尚神意、尚气象而相对轻视形质,内壮之说亦然。气前血后,则为内壮,血前气后则为外壮。太极拳练的是气走筋膜脉络。

太极尺寸分毫解

功夫先炼开展,后炼紧凑。开展成而得之,才讲紧凑。紧凑得成,才讲尺寸分毫之理也。然必十寸为尺,寸必十分,分必十毫,其数在焉。[①]故云:对待者数也,知其数则能得尺寸分毫也。要知其数,非秘授而能量之者哉?[②]

笺注:

① 杨本、吴本此段为"紧凑得成,才讲尺寸分毫,由尺住之功成,而后能寸住,分住毫住,此所谓尺寸分毫之理也明矣"。李本无此段文字。

② 先求开展,后练紧凑,此太极练功步骤。而紧凑后之尺寸分毫之数,则非常态可知。知数"非秘授"不可,如何知数?必"听劲"功深始能知对方之劲力及劲力源头也。

太极膜脉筋穴解

节膜、拿脉、抓筋、闭穴,此四功由尺寸分毫得之后而求之。膜若节之,血不周流;脉若拿之,气难行走;筋若抓之,身无主地;穴若闭之,神昏气暗。抓膜筋之半死,单脉拿之似亡,[①]单筋抓之劲断,死穴闭之无生。总之,气血精神,若无身何有主也?如能节拿抓闭之功,非得真传不可能也。[②]

笺注:

① "单脉拿之"杨本、吴本为"申脉拿之",似错讹。

② "真传"杨本、吴本均作"点传"。

节拿抓闭之功,乃武当、少林派均珍视之功,因其可以迅速击败敌手也。欲行此四功,当通医理。不知此功不能用,既知此功又岂可轻用?

太极字字解

挫揉捶打,[①]按摩推拿,[②]开合升降,[③]此十二字皆用手也。屈伸动

静，④起落缓急，⑤闪还撩了，⑥此十二字，于己气也，于人手也。转换进退，于己身也，于人步也。顾盼前后，于己目，于人手也。即瞻前眇后，左顾右盼也。此八字关乎神矣。断接俯仰，此四字关乎意劲也。接关乎神气也，俯仰关乎手足也。劲断意不断，意断神可接，劲意神俱断则俯仰矣。手足无着落耳。俯为一叩，仰为一反而已矣。不使叩反，非断而复接，不可对待之字以俯仰为重，时刻在心身手足，不使断之，无接则不能俯仰也。求其断接之能，非见隐显微不可。隐微似断而未断，见显似接而未接，接接断断，断断接接，其意心神体，⑦神气极于隐显，又何虑不沾粘连随哉？

笺注：

①②③④⑤⑥ 此四字后，杨本、吴本均有"于己于人"四字。

⑦ "意心神体"杨本、吴本作"意心身体"。

用手即对待推手时可运用之手法。于己气，于人手，是说知己与知人。转换、顾盼之类亦然。有断劲，有接劲，有俯劲，有仰劲，均神意气劲之运用也。"劲断意不断，意断神可接"，总是以神意为主，有类书法用笔之"笔断意连""迹断意不断"。断接劲路在隐显间求之，必于心身知觉中体会。

太极节拿抓闭尺寸分毫解

对待之功，既得尺寸分毫于手，则可量之矣。节膜、拿脉、抓筋、闭穴（则难），非自尺寸分毫量之不可得也。①节不量由接而得拿，②拿不量由摩而得抓，③抓不量由推而得拿，闭不量，不能其［得］穴，由尺盈而缩之寸分毫也。此四者虽有高授，（然）非自己功夫久者，无能贯通焉。④

笺注：

① 杨本、吴本于"则可量之矣"后多如下句："然不论节拿抓闭之手易"。李本于"闭穴"字后失"则难"二字。

② 杨本、吴本作"节不量由按而得膜"。

③ 杨本、吴本作"拿不量由摩而得脉"。

④ "闭不量，不能其穴"杨本、吴本为"闭非量，而不能得穴"。"非"字不如"不"字确。李本之"不能其穴"改为"不能得穴"更确。李本于"非自己功夫"前应加一"然"字。

据笺注者知，杨家、陈家旧传均有节拿抓闭之功，今已鲜见矣。此四功法有连贯次第，如"由接而得拿"是说对待之际，先接手而后有拿劲。此皆手法细腻功夫精纯者始能为之。昔太极研究家严翰秀先生曾向李经梧师请教，说手时，"能说到即能做出"，故严先生认为李师是少见的"心知身知"之名家。有传授又需自己苦练，否则不可能功夫上身。

太极补泻气力解

补泻气力于自己难，补泻气力于人亦难。补自己者，知觉功亏则补，运动功过则泻，所以求诸己不易也。补于人者，气过则补之，力过则泻之，此胜彼败，所由然也。气过或泻，力过或补，其理虽一，然其有详夫过补，[①]为之过上加过，过泻为之缓，（他）不及他，[②]必更过，仍加过也。补气泻力于人之法，均为加过于人矣。补气名曰结气法，泻力名曰空力法。

笺注：

① 杨本此句为"其理虽亦然，其有详夫过补"。

② "过泻"杨本、吴本均作"遇泻"。李本失一"他"字，应补上。

补、泻二字，传统医学用之甚多。谓补不足（正气），损（泻）有余（邪气）也。太极功之论补泻可自用可施人，是说我气我力彼气彼力之增减也。结气即充实团结其气也。"以气运身""气敛入骨""气沉丹田"，即上行气与下行气之凝聚汇合于丹田也。此谓补己。补于人者，谓对待时己内气不足则需补充之，"劲由内换""运气于己身，敷布彼劲之上"，继续给劲也。泻力即空力法，于己身则谓用力太过则松开之意，于人则谓"引进落空"，使对方如踩空处，"人不知我，我独知人"之意。空力法是中上乘功夫，所谓"妙手空空"（陈鑫）。杨禹廷师爷谓把自身练成"衣服架子"，即无处不能空也。

太极空结挫揉论

有（挫）空、挫结、揉空、揉结之辨。挫空者则力隔矣。挫结者（则）气断矣。揉空者则力分矣。揉结者则气隔矣。若结揉挫则气力反，空揉挫则力气败。结挫揉则力盛于气，力在气上矣。空挫揉则气盛于力，气过力不及矣。挫结揉、揉结挫，皆气闭于力矣。挫空揉、揉空挫，皆力鉴于气矣。总之，挫结揉空之法，亦必由尺寸分毫量之，不然无挫揉，平虚之灵

结，空何由致于哉？

笺注：

杨本、吴本末段为"亦必由尺寸分毫量，能如是也，不然无地之挫揉，平虚之灵结，亦何由而致于哉？"显然不如李本确。

看来挫空、挫结、揉空、揉结均为手法劲力之细腻功夫。笺注者功浅知狭，尚难一一详注。唯师传曾谓：挫劲，乃对待时搭手即断对方之劲法。揉劲，乃搭手时吃住对方劲路而揉问之使失中也。结，应当是令对手身板硬如木棍，则可发放矣。空，则应当是令对方落空也。鑿，音作，通透意。

<h2 style="text-align:center">懂劲先后论</h2>

夫未懂劲之先，常出顶偏丢抗之病，[1] 既懂劲之后，恐出断接俯仰之病。然未懂劲故然病易出，劲既懂可以出病手？[2] 缘劲似懂未懂之际，正在两可，断接无准，故出病。神明及犹不及，俯仰无著，亦出病。若不出断接俯仰之病，非真懂劲，弗能不出也。胡为真懂，[3] 因视听无由，即[未]得其确也。[4] 知眇瞻顾盼之视，觉起落缓急之听，知闪还撩了之运，（觉）转换进退之动，[5] 则为真懂劲，则能接及神明，及神明自攸往有由矣。有由者（由）于懂劲，[6] 自得屈伸动静之妙。有屈伸动静之妙，开合升降又有矣。由屈伸动静，见入则开，遇出则合，看来则降，[7] 就去则升，夫而后才为真及神明也。明也，岂可日后不慎于行坐卧走、饮食溺溷之功有关也。[8] 所谓及中成大成也哉。

笺注：

① 杨本、吴本之"常"作"长"，"偏"作"匾"，误，应为扁。

② 杨本、吴本之"病手"作"病乎"。

③ 胡为，何为。

④ 李本"即"字应为"未"字。

⑤ 李本"转换"前失"觉"字，应补上。

⑥ 李本"者"字后应补"由"字。

⑦ 杨本、吴本误"降"字为"详"。

⑧ 杨本、吴本均无"有关也"三字。

此段文字论述懂劲之先与懂劲之后，极为清楚。关于真懂劲，王宗岳名论："粘即是走，走即是粘；阴不离阳，阳不离阴；阴阳相济，方为懂劲。"此文谓："见入则开，遇出则合，看来则降，就去则升"，乃是关要，不懂开合升降即不懂太极拳功。

尺寸分毫在懂劲后论

在懂劲先求尺寸分毫，为之小成，不过末技武事而已。所谓尺于人者，非先懂劲也。如懂劲后，神而明之，自然能量尺寸，能量才能节拿抓闭矣。知膜脉筋穴之理，要必定明存亡之手。知存亡之手，要必明生死之穴，其穴之数安可不知乎？知生死之穴数，乌可不明闭而不生乎？闭而无生乎存亡二字，一闭之而已。

笺注：

杨本、吴本末段为"乌可不明闭而无生乎？是所谓二字之存亡，一闭之而已尽矣"。

此文献的一贯观点是得道为上，武技末事。生死存亡之手与生死存亡之穴，乃是重点。古有大穴三十六，小穴七十二之说。既需知其闭，又需知其生，是谓懂用劲之处。

太极指掌捶手解

自指下之腕上，里者为（掌），五指之首，为手，五指皆为指，（五指）枝［杈］里，[①] 其背为捶，如其（用）者按。按，推掌也。拿、採、抓、闭俱用指也。挫摩，手也，打捶也。夫捶有搬拦、有指裆、有肘底、有撇身，四捶之外有覆捶。掌，有搂膝、有换转、有单鞭、有通背，四掌之外有穿掌。有云手、有提手、有滚手、[②] 有十字手，四手之外有反手。指，有屈指、有伸指、有捏指、有闭指，四指之外有量指，又名尺寸指，又名不见［觅］穴指。[③] 然指有五指之用，首（指）为手仍为指故，[④] 又名手指。其一，用之为旋指、旋手，其二，用之为提指、提手，其三，用之为弓指、弓手，其四，用之为中合手指。四手指之外为独手、独指也。食指为下［卞］（指）、为剑指、为佐指、为粘指。[⑤] 中正为心指、为合指、为钩指、为抹指。无名指为全指、为杯［环］指、[⑥] 为代指、为扣指。小指为帮指、为补指、为媚指、为挂指。若此之名知之易而用之难。得口诀秘法亦不易为也。其次有如对掌、推山掌、射雁掌、晾翅掌、似闭指、拗步指、弯弓指、穿

李经梧 太极 内功及所藏秘谱

梭指，探马手、弯弓手、抱虎手、玉女手、跨虎手，通山捶、叶下捶、背反捶、势分捶、卷挫捶。再其次，步随身换，不出五行，则无失错矣。因其沾连粘随之理，含己从人，身随步自换，只要无五行之舛错，身形脚势出于自然，又何虑些须之病也。

笺注：

① 李本"里者为"后应补"掌"字，"为指"后应补"五指"二字，"枝里"应为"权里"。

② "穿掌"吴本、杨本均作"串掌"，且无"有滚手"三字。

③ 李本之"不见"误，应为"觅"字。

④ 李本"首"后失"指"字，应补。

⑤ 李本之"下"后失"指"字，应补，而"下"字应为"卞"字，应改。

⑥ 李本之"杯指"应为"环指"。

此段文字，无论吴、杨、李本均多抄误错漏字，笺注者尽力核对订正。其主旨是分别论述指、掌、捶、手之名称作用。以今日眼光视之，或有啰唆之词字。但仔细推之，其详陈缕析，一一明指，所言名目有十之八九与今传拳谱相合相近。实在言之，其功用有一目了然者，又有难以理解者。如"滚手"，则不详其用。有所谓时过境迁，知之也难了。末了，文中强调"步随身换，不出五行，则无失错矣"，是强调身步之重要，可以主宰带动指、掌、捶、手之末梢也。昔胡海牙老师指教：五指一段为指，指根至手腕为掌，掌根为拳，此指手张开时，若五指聚拢为拳，用则为捶。其用以指接触，以掌揉按，以拳发劲，以捶击打。可参酌。

口授穴之存亡论

穴有存亡之穴，要非口授不可。何也？一因其难学，二因其关乎存亡，三因其人才能传。第一不授不忠不孝之人，二不授根柢不好之人，三不授心术不正之人，四不传卤莽灭裂之人，五不授目中无人之人，六不传知礼无恩之人，第七不传反复无常之人，① 八不传得易失易之人。须知八不传匪人更不待言矣。如其可以传，再口授之秘诀。传忠孝知恩者，心平气和者，守道不失者，真以为师者，终始如一者。此五者果有始有终不变，②

方可将全体大用之功授之于徒也。明矣，于前于后，代代相继，皆如是之所授也。噫，抑知武事中乌有匪人哉？③

笺注：

① 杨本、吴本之"无常"作"无长"。

②"有始有终不变"杨本、吴本作"有始有终，不变如一"。

③ 杨本、吴本之"授"作"传"。"抑"字后有"亦"字。

穴有存亡，即穴有生死之穴。既谓之"非口授不可"，则得者自知，无传者即不知。贯穿"秘谱"的中心思想，即是太极拳功乃大道，是修心养性的道功，所以不能传非其人。

张三丰祖师承留

天地即乾坤，伏羲为人祖。画卦道有名，尧舜十六母。危微允厥中，精一及孔孟。神化性命功，七二乃文武。授之至予来，字著宣平许。延年药在身，元善从复始。虚灵能德明，理合气形俱。① 万载咏长春，心兮诚真迹。三教无两家，统言皆太极。浩然塞而冲，方正千年立。继往圣永绵，开来学常续。水火既济焉，愿至成毕字。②

笺注：

①"理合"杨本、吴本均作"理令"。

② 杨本、吴本末句为"愿至戌毕字"，不通，显误。

这篇文字是宋远桥记述的"祖师承留"，叙述太极功之源流渊源，直追伏羲、尧、舜以及孔孟。在杜元化的《太极拳正宗》里也有赵堡传谱记载的类似文字。其文为："太极之先，天地根源。老君设教，宓子真传。玉皇上帝，正坐当筵。帝君真武，列在两边。三界内外，亿万神仙。传与拳术，教成神仙。"类似的文字，与此文可以互证，是耐人寻味的。拳与易理通，"人心惟危，道心惟微"与"允执厥中"语出《尚书》，精诚、一以贯之都是道、儒两家思想。"七二"指"七十二候"已见前文注。"字著宣平许"，意指传到唐代许宣平。其"三教无两家，统言皆太极"观点，体现了宋元明时期的文化趋势与学术思潮。"浩然"乃孟子"善养浩然气"意，"冲"字则老子"万物负阴而抱阳，冲气以为和"之意。继往、开来均儒家理念。水火既济则体现易家与丹家思想。粗略言之，这段文字内涵丰富又富于一种

李经梧 太极 内功及所藏秘谱

太极之学的性命双修宗旨。

口授张三丰老师之言

予知三教归一之理，皆性命学也。皆以心为身之主也。保全心身，永有精气神也。有精气神，才能文思安安、武备动动，[1]乃文（乃）武大而化之者，圣神也。先觉者，得其寰中，超乎象外矣。后学者以效先觉之所知能，其（知）能虽人固有之知能，然非效之不可得也。[2]夫人之知能，天然文武，目视耳听，天然文也，手舞足蹈，天然武也，孰非固有也。明矣，前辈大成文武圣神，授人以体育修身，进之以武事修身，[3]传之至予得之手舞足蹈之。采战，借其身之阴以补助身之阳，身之阳男也，身之阴女也，然皆于身中矣。男之身只一阳，男全体皆阴，女以一阳采战全体之阴女。故云：一阳复始，斯身之阴女不独七二，以一姹女配婴儿之名，变化千万姹女采战之可也。安有男女后天之身以补之者，所谓自身之天地以扶助之，是为阴阳采战也。如此者，是男子之身皆属阴，而采自身之阴、战己身之女，不如两男之阴阳对待修身速也。

予及此传于武事，然不可以末技视，依然体育之学，修身之道，性命之功，神圣之境也。今夫两男对待采战，于己身之采战，其理不二，己身亦遇对待之数，则为采战也，是为汞铅也。于人对战，坎离之阴阳，兑震阳战阴也，为之（四）正，[4]乾坤之阴阳，艮巽阴采阳也，为之四隅，此八卦也，为之八门，身是位列中土，[5]进步之阳，退步之阴，以采左顾之阳，以采右盼之阴，以战此五行也，[6]为之五步，共为八门五步也。夫为是予授之尔，终身用之，不能尽之矣。又至予得武继武，必当以武事传之，（而）修身也。[7]修身入首，无论武事文为，成功一也。三教三乘之原，不出一太极。愿后学以易理格致于身中，留于后世可也。[8]

笺注：

① 杨本、吴本此处有"安安动动"四字。

② 李本"乃文"后失"乃"字。又"其能"中间失"知"字。

③ 杨本、吴本此句为"不以武事修身"。

④ 李本之"正"前失"四"字。

⑤ 杨本、吴本之"身是"为"身足"，误。

⑥ 杨本、吴本此句为"进步之阳以战之，退步之阴以采之，左

顾之阳以采之，右盼之阴以战之，此五行也"。

⑦ 李本应补"而"字。

⑧ "可也"杨本、吴本作"也可"。

本文献一以贯之的思想是"三教归一"的"性命之学"，因此，在文献的观点中，尽性立命的核心内容离不开"精、气、神"三元素。人之本能固有，"天然文武"。张三丰这段话还表明，"前辈大成文武圣神"，"不以武事修身"（杨本、吴本），"传之至予"——我曾在一些文章中表达的观点，即张三丰是集大成者，此前早有太极功流传。关于"采战"，是一个敏感的问题。古代指采阴补阳，或采阳补阴之术。一派认为应自身采补阴阳，一派认为应男女采彼身补己身阴阳，后者多受人诟病。本文献主张"两男对待采战"，有待具体了解并深入探讨。道家内丹功夫，不外水火既济、坎离交媾之理，明此根本则虽不中亦不远矣，不明此，则终属似是而非。盖"七二"者，七十二候，时时之中也。汞铅，姹女婴儿，龙虎之类皆比喻代指也。千万切记，先贤叮嘱：以易理格致于身中，三教三乘之原，不出一太极！

张三丰以武事得道论

盖未有天地，先有理，理为气之阴阳主宰，主宰理以有天地，道在（其）中。阴阳气，道之流行，则为对待，对待者数也，阴阳也。一阴一阳之谓道。道无名天地始，道有名天地母。① 未有天地之前，无极也，无名也；既有天地之后，有极也，有名也。然前天地者曰理，后天地者曰母，是乃理化先天阴阳气数，母生后天胎卵湿化，位天地，育万物，道中和也。② 故乾坤为大父母，先天也，爹娘为小父母，后天也。得阴阳先（后）天之气以降生身则为人之初也。③ 夫人身之来者，得大父母之命性赋理，得小父母之精血形骸，合先后天之身命，我得而成人也，以配天地为三才，安可失性之本哉？然能率性则本不失，既不失本来面目，又安可失身体之去处哉？

夫欲寻去处，先知来处，来有门，去有路，良有以也。然有何以之，以之固有之知能，无论智慧贤否，固有知能皆可以之进道。既能修道，可知来处之源，必能知去处之委，来源去委既能知，必明修身。④ 故曰：自天子至于庶人一是，皆以修身为本。修身以之良知良能，目视耳听，曰聪曰明，手舞足蹈乃武乃文，致知格物意诚（心正），心为一身之主，正意诚

李经梧

太极

内功及所藏秘谱

心。⑤以足蹈五行，手舞八卦，手足为之四象。用之殊途，良能还原，目视三舍，耳听六（道）。⑥目耳亦是四形体之一表，良知归本，耳目手足，分而为二，皆为两仪，合之为一，共为无极。⑦此由外敛入之于内，亦自内发出之于外。能如是，表里精粗无不到，豁然贯通，希圣希贤之功，自臻于曰睿曰智，乃圣乃神。所谓尽性立命，穷神达化，在兹矣。然天道人道一诚而已矣。

民国癸酉重阳前七日，铁厂兄授以拳术，并属〔嘱〕抄此谱，遂不敢计字之工拙，敬录以呈。后学弟金宇宗缮本。⑧

笺注：

① 李本之"道在其中"句失"其"字。"道有名天地母"杨本、吴本作"道有名万物母"。

② "育万物"杨本、吴本作"育万育"，误。又"道中和也"后有"然也"二字。

③ 李本"得阴阳先后天之气"句失"后"字，应补。

④ 杨本、吴本"必能知去处之委"后失"知"字。而"必明修身"句误为"能必明身不修"，显错。

⑤ 李本失"心正"二字，应补。

⑥ 李本"耳听六道"句失"道"字。"目视三舍"杨本、吴本为"目视三合"。

⑦ "共为无极"杨本、吴本为"共为太极"。

⑧ 癸酉，为干支纪年，即1933年。厂，音ān，与庵通。金宇宗，号惜厂，为爱新觉罗氏，工书画。

"以武事得道"之题，即表明因修武而成道。正如庄子所谓"以技进乎道"之义。此篇文字之奥义，前文多已涉及，此不赘。有总结全文之义，寻来处去处，正是返还之道理。其与老庄孔孟同一脉络，学者可细心体悟。程廷华谓："数不离理，理不离数，理数兼赅，乃得万全也"。孙禄堂也说："拳即是道"，"拳术与丹是一理也"（《练拳经验及三派精意》）。

多年来，由于种种原因，"知者多不肯言，不知者茫然莫解"（孙禄堂《练拳经验及三派精意》），太极拳日渐转变为一般性体操类健身运动，所谓"去大道日远"矣。笺注者有感于此，本着"学术乃天下之公器"之心，不揣浅陋，以有限之功夫学力勉为其难，强作解人，略作笺注如上，仅是抛砖引玉，供同道同好共研而已，亦不负恩师李经梧先生教诲之泽也。今值先生98岁冥诞，谨以拙文为之纪念。又，原谱后附有《太极十三刀谱》及《太极剑谱》（均标吴式），一并抄录附后，以留全豹。

太极十三刀谱（吴式）

砍剁刺扎截豁挑挖，七星跨虎交刀势，

闪展腾挪意气扬，左顾右盼两分张，

白鹤亮翅五行掌，风卷荷花叶里藏，

玉女穿梭八方式，三星开合自主张，

二起脚来打虎式，披身斜挂鸳鸯掌，

顺水推舟鞭造镐，下势三合自由招，

左右分水龙门跳，卞和携石凤还巢。

太极剑谱（吴式）

1. 分剑七星；　　　　2. 进步撩膝；

3. 翻身劈剑；　　　　4. 上步遮膝；

5. 卧虎当门；　　　　6. 倒排金铃；

7. 指裆剑；　　　　　8. 劈山夺剑；

9. 逆鳞刺；　　　　　10. 回身点剑；

11. 沛公斩蛇；　　　　12. 翻身提斗；

13. 猿猴舒背；　　　　14. 樵夫问柴；

15. 单鞭索喉；　　　　16. 退布撩阴（三剑）；

17. 卧虎当门；　　　　18. 梢公摇橹；

19. 顺水推舟；　　　　20. 眉中点赤；

21. 反剪腕；　　　　　22. 退步反身劈；

23. 玉女投针；　　　　24. 翻身连环挂；

25. 迎门剑；　　　　　26. 卧虎当门；

27. 海底擒鳖；　　　　28. 魁星提笔；

29. 反手式；　　　　　30. 进门栽剑；

31. 左右提鞭；

32. 落花待扫；

33. 左右反身劈剑；

34. 抱月式；

35. 单鞭式；

36. 肘底提剑；

37. 海底捞月；

38. 左右横扫千军；

39. 灵猫捕鼠；

40. 蜻蜓点水；

41. 黄蜂入洞；

42. 老叟携琴；

43. 云摩三舞；

44. 神女翻花；

45. 妙手掠星；

46. 迎风掸尘；

47. 跳剑截拦；

48. 左右卧鱼；

49. 分手小云摩剑；

50. 黄龙转身；

51. 拨草寻蛇；

52. 黄龙搅尾；

53. 白蛇吐信；

54. 云晚乌山；

55. 李广射石；

56. 挖月式；

57. 单鞭式；

58. 乌龙摆尾；

59. 鹞子穿林；

60. 农夫看锄；

61. 勾挂连环；

62. 合太极式。

太极拳秘宗

二

授秘歌

太极别名十三式

程先生小九天法式

观经悟会法

用功五志

四性归原歌

宋氏家传太极功源流支派论　宋远桥绪记

所谓后代学者不失其本也自余而上溯始得

太极之功者授业于唐于观子许宣平也至余

为十四代焉有断者有继者

三

許先師系江南徽州府歙县人隐城阳山即本

府城南紫阳山结簏南阳辟谷身长七尺六韬长

至脐髮长至足行及奔马每见薪卖于市中独

吟曰负薪朝出卖沽酒日夕归借问家何处穿

云入翠微李白访之不遇题诗望仙桥而回所传

太极拳功名三十七因三十七式而名之又名长

拳者所谓滔々无间也

总名太极拳三十七式名书之于后

四正 四隅 云手 弯弓射雁 挥琵琶 进搬拦

筮簌式 凤皇展翅 雀起尾 单鞭 上提手

倒辇猴头　搂膝拗步　肘下捶　转身蹬脚

上步栽捶　斜飞式　双鞭　翻身搬拦　玉女穿

棱梭　七星八步　高探马　单摆莲　上跨虎

九宫步　揽雀尾　山通背　海底珍珠　弹指摆

莲转身指点捶　双摆莲　金鸡独立　泰山生气

野马分鬃　如封似闭　左右分脚　挂树踢脚八

方掌　推碾　二起脚　抱虎推山　十字摆莲

此通共四十三手　四正四隅九宫步　七星八步　双鞭双摆

莲在外因自己多生用的功夫　其余三十七数是先师

之所传也　此式应一式练成再炼一式　万不可心急齐

五

用三十七式却无论何式先何式后只要一一将式用成

自然三十七式皆化为相连不断矣故谓之曰长拳

脚踢五行怀藏八卦脚之所在为中央之土则可定

乾南坤北离东坎西掤将挤按四正也採挒肘攦四隅也

八字歌

掤将挤按世间稀十个艺人十不知若能轻灵并坚

硬粘连沾随俱无疑採挒肘靠更出奇行之不用费

心思果能沾连粘随意得其寰中不支离

三十七心会论

腰脊为第一之主宰　猴头为第二之主宰

六

心地为第三之主宰　丹田为第一之宾辅

掌指为第二之宾辅　足掌为第三之宾辅

三十七周身大用论

一要心性与意静自然无处不轻灵二要通

体气流行一定继续不能停三要喉头永

不抛问尽天下众英豪如询大用缘何用表

里精粗无不到

十六关要论

活泼于腰　灵机于顶　神通于背　不使气流

行于气　行之于腿　蹬之于足　运之于掌　足之

于掌指 敛之于膂 达之于神 凝之于耳息

之于鼻 呼吸往来于口 纵之于膝 浑噩一身

全体发之于毛

用功歌

轻灵活泼求懂劲 阴阳既济无滞病若想

四两拨千斤开合鼓荡主宰定

俞家江南宁国府泾县人太极功名曰先天拳

亦曰长拳得唐李道子系江南安庆人至宋时

与游酢莫逆至明时李道子常居武当山南岩

宫不火食第啖麦麸数合故又名夫子李也

八

见人不及他语惟云大造化三字既云唐人何以

知之明时之夫子李即是李道子先师也缘余

上祖游江南泾县俞家方知先天拳亦如余家之

三十七式太极之别名也而又知俞家是唐时李道

子所传也俞家代々相承之功每岁往拜李道子庐

至宋时尚在也越代不知李道子所往也

至明时余同俞莲舟游湖广襄阳府均州武当山

夫子见之叫曰徒再孙焉往莲舟抬头一看斯人

面垢正厚鬓长至地味臭莲舟心怒曰尔言之太

过也吾观汝一掌必死耳去罢夫子云徒再孙我

九

看"你这手莲舟上前掤连捶未依身则起

十丈落下未折坏筋骨 莲舟曰你总用过功夫

不然焉制我者鲜矣夫子李曰你与俞清慧俞一

诚认识否莲舟闻之悚然皆余上祖之名也急跪

曰原来是我之先祖师至也 夫子李曰我在几韶光

未语今见你诚我大造化也授你如此如此莲舟自

此不但无敌而后亦得全体大用矣

余与俞莲舟俞岱岩张松溪张翠山殷利亨

莫谷声久相往来全陵之境 夫子李先师授

俞莲舟秘诀云歌云无神无象全身透空应物

自然西山悬磬磬霓喉猿鸣水清河静翻江

播海尽性三命此歌余七人皆知其句后余七

人同往拜武当山夫子李不见 道经玉虚宫在太

和山元高之地见玉虚子张三丰也张松溪张翠

山师也身长七尺有余须美如戟寒暑为箬笠

日能行千里自洪武初至太和山修炼余七人共

拜之耳提面命月余后归自此不绝往拜玉虚子

所传惟张松溪张翠山拳名十三式六太极功别

名也又名长拳 十三式名目并论说列于后

程灵洗字元涤江南徽州府休宁人授业韩拱月

太极之功成大用矣　侯景之乱惟歙州保全皆灵

洗力也　梁元帝授以本郡太守卒谥忠壮至程

玭为绍兴中进士授昌化主簿累官权吏部尚

书拜翰林学士三朝刚正风裁凛然进封新安

郡侯以端明殿学士致仕卒球居家常平粜以济

人凡有利众者必尽心焉所著有落水集球将

太极拳功之一名为小九天虽玭之遗名小九天书

韩传者不敢忘先师之授也

小九天法式

七星八步　开天门　什锦背　提手　卧虎跳

涧 单鞭 射雁 穿梭 白鹤升空 大挡捶

小挡捶 叶里花 猴顶云 揽雀尾 八方掌

太极者非纯工于易经不能得也 以易经一书必

预朝夕悟在心内 会在身中 超以象外得其寰

中人所不知而独知之妙 若非得师一点心法之

传 如何能致我手之舞之乐在其中矣

用功五志

博学 功夫多 审问 不是口问 是听劲 慎思 听而后留 心相念 明

辨 性生不已 笃行 如天 行健

四性归原歌

世人不知己之性何能得人之性物性亦如人

之性至于天地亦此性我赖天地以存身

天地赖我以徵焉若能先求知我性天地受

我偏独灵

后天法之缘起

胡镜子在扬州自称之名不知姓氏乃宋仲殊

师也仲殊安州人尝游姑苏台柱上倒书一绝

云天长地久任悠悠你既无心我亦休浪迹天涯

人不管春风吹笛酒家楼仲殊所传殷利亨

太极拳名曰后天法亦是掤捋挤按採挒肘

靠也然而式法名目不同其功用则一如一家分

居各有所为也然而根本非两事也

后天法目

阳肘 阴肘 遮阴肘 晾阳肘 肘里枪肘

开花 八方捶 阴五掌 阳五掌 单鞭肘

双鞭肘 卧亮肘 云飞肘 研磨肘 山通肘

两膝肘 一膝肘

以上乃太极功各家名目因余身临其境并得

良友往来相助皆非作技艺观人者也一家人恐

其久而差也故笔之于书以授后人玩索而有得

焉则终身用之有不能尽者矣其余太极

再有别名目拳法惟太极则不能两说也若

太极说有不同断乎不一家也却无论功夫高

低上下一家人並无两家话也自上之先师而上

溯其根源东方先生再上而溯始孟子当列国

固纷纷固将立命之功所谓养我浩然之气

塞于天地之间欲大成者则化功也小成者武事

也立命之道非气体之克胡能也由立命以尽性

至于穷神达化自天子至于庶人何莫非诚意

正心修身始也书及后世万不可轻泄传人若

一六

谓不传人当年先祖师何以传至余家也却

无论亲朋远远近近所传者贤也遵先师之命

不敢妄传后辈如传人之时必须想余绪记之心

血与先师之训诲可也

此书十不传

一不传外教 二不传无德 三不传不知师弟

之道者 四不传守不住者 五不传半途而废

者 六不传得宝忘师者 七不传无纳履之心者

八不传好怒好愠者 九不传外欲太多者 十不

传匪事多端者

此书有四忌

忌饮过量之酒　忌当色者夫妇之道要将

有别字认清　忌无义之财　忌动不合中之

气一饮一啄在内

用功三小忌

吃食多　水饮多　睡时多

四刀　十三式

腾挪闪展　左顾右盼　白鹤亮翅　推窗望

月五女穿梭梭　上三开　转身踢脚　打虎三二

起脚　斜身踢脚　蹲身飞脚　顺水推舟下

解　太极平淮腰顶解　太极四时五气解　太极血

气根车解　太极力气解　太极尺寸分毫解　太极

膜脉筋穴解　太极字字解　太极节拿抓闭尺

寸分毫解　太极補助气力解

八门五步

掤南　擾西　挤东　按北　採西北　捌东南　肘东北

擾西南

八门

坎　离　兑　震　巽　乾　坤　艮

方位八门乃为阴阳颠倒之理周而复始随行

其所行也总之四正四隅不可不知矣夫掤捋挤按

是四正之手采挒肘靠是四隅之手合隅正之手

得门位之卦以身分步五行在意支撑八面五行

者进步火退步水左顾木右盼金定之方中土也

夫进退为水火之步顾盼为金木之步以中土

为枢机之轴怀藏八卦脚跐五行手步八五其数

八门五步用功法

十三生于自然十三势也名之曰八门五步

八卦五行是人生成固有之良心先明知

觉运动四字之本由知觉运动得之后而后方

能懂劲由懂劲方能接及神明然用功之初要

知知觉运动虽固有之良六甚难得之于我也

固有分明法

盖人降世之初目能视耳能听鼻能闻

口能食颜色声音香臭五味皆天然知觉

固有之良其手舞足蹈四肢之能皆天然运

动之良思及此是人孰无因人性近习远失迷

固有要想还我固有非乃武无以寻运动之根

由非乃文无以得知觉之本原是乃运动而知

觉也夫运而知动而知不觉不动不知运极

则为动觉盛则为知动知者易运觉者难先

求自己知觉运动得之于身自能知人要

先求知人恐失于自己不可不知此理也夫而

懂劲然也

粘黏连随

粘者提上拔高之谓也 黏者留恋缱绻

之谓也 连者舍己无离之谓也 随者彼

走此应之谓也 要知人之知觉运动 非明粘

黏连随不可斯粘黏连随之功夫亦甚细矣

顶偏丢抗

顶者出头之谓也　偏者不及之谓也　丢

者离开之谓也　抗者太过之谓也

要知于此四字之病不但粘黏连随断不明

知觉运动也初学对手不可不知也更不可不

去此病所难者粘黏连随而不许顶偏丢抗

所不易矣

对待无病

顶偏丢抗失于对抗待也所以为之病者既

失粘黏连随何以获知觉动运动既不知己

焉能知人所谓对待者不以顶偏丢抗相对于

人要以粘黏连随等待于人也能如是不但无

对待之病知觉运动自然得矣可以进于懂劲

之功矣

对待用功法守中土 俗名站橦

定之方中足有根先明进退四正进退身拥

掤挤按自四手须费功夫得其真身形腰

顶皆可以粘黏连随意气均运动知觉来相

应神是君位骨肉臣分明火候七十二天然一

乃武並乃文

身形腰顶

身形腰顶岂可无缺一何必费功夫腰顶穷

研生不已身形顺我自伸舒舍此真理终何

极十年数载亦糊涂

太极圈

退圈容易进圈难不离腰顶后与前所

难中土不离位退易进难仔细研此为动功

非站定倚身进退并此肩能如水磨推急缓

云龙风虎象周旋要用天盘从此觅久而久

之出天然

太极进退不已功

八卦正隅八字歌十三之数不几何几何若是无　太极人盘八字歌　了乾坤叹堪惜此说六明天地盘进用肘捌归心　相意求何患上下不既济若使捌肘皆远离迷　四手上下分天地采捌肘靠由有去采天靠地　太极上下名天地　收敛千万不可离太极　势架承无已所以因之名长拳任君开展与　得来真采捌肘靠方可许四隅从此演出来十三　掤进捋退自然理阴阳水火既相济先知四手

平准丢了腾顶气叹哦不断要言只两字君臣

骨肉细琢磨功夫内外均不断对待之数岂能错

对待于人出自然于兹往复于地天但求舍己无

深病上下进退永连绵

太极体用解

理为精气神之体精气神为身之体身为心之

用劲为身之用心身有一定之主宰者理也精气

神有一定之主宰者意诚也诚者天道诚之者人

道俱不外意念须臾之间要知天人同体之理

自得日月流行之气其气意之流行精神自隐

二八

乎微乎理矣夫而后言乃武乃圣乃文乃神则得

矣　若特以武事论之于身用之劲力仍归于道

之本也故不得独以末技云动由于筋力由于

骨如以持物论之有力能执数百斤是骨节皮

毛之外操也故以有硬力如以全体之有劲似不能持

几斤是精气之内壮也虽然若是功成后犹有妙

出于硬力者修身体育之道有然也

太极文武解

文者体也武者用也文功在武用精气神也为

之体育武功得文体于心身也为之武事

夫文武尤有火候之谓在舒卷得其时中体育之本也文武使于对待之际在蓄发当其可者武事之根也故云武事文为柔软体操也精气神气筋劲武事武用刚硬武事也心身之骨力也文元武事之预备为之有体无用武元文之伴侣为之有用无体如独木难支孤掌不响不唯体育武事之功事，诸如此理也文者内理也武者外数也有外数无内理必为血气之勇失于本末未知用的采战差微则亡耳文武二字岂可不解贰

太极懂劲解

自己懂劲接及神明为之文成而后采战身中之阴七十有二无时不然阳得其阴水火既济乾坤交泰性命保真矣于人懂劲视听之际迁而变化自得曲成之妙形著明不劳运动觉知也功至此可为攸往咸宜无须有心之运用耳

八五十三势长拳解

自己用功一势一式用成之后合之为长滔滔不断周而复始以名长拳也万不得有一定架子恐日久入于滑拳又恐入于硬拳也决不可失

其绵软周身注复精神意气之本用久自然贯

通无往不至何坚不摧也 对待于人四手当先 六

自八门五步而来站四手手手碾磨进退四手

中四手上下自手三才四手由下乘长拳四手起

大开大展炼至紧凑屈伸自由之功则升之中上

乘矣

太极阴阳颠倒解

阳乾天曰火离舒出发对开臣肉用气身武命立

方呼上进隅

阴坤地曰水坎卷入蓄待合君骨体理心文性尽

圆吸下退正

盖颠之理水火二字解之可以明矣如火炎上水润下者水能使火在下而用水在上则为颠倒然非有法治之则不得矣譬如水入鼎内而治火之上鼎中之水得火以燃之不但水不能下润藉火气水必有温时火虽炎上得鼎以隔之是为有极之地不便炎上火无上息六不使润下之水渗漏此为水火既济之理也颠倒之理也若使任其火炎上水润下必至水火必分为二则为水火未济也故云分而为二合之为一之理也故云一而二二而一总斯其

理为三天地人也明此阴阳颠倒之理则可与言道

知道不可须臾离也人能以人弘道知道不远人则

可与言天地同体上天下地人在其中矣苟能参天

察地与日月合其明与五岳四渎无朽与四时之

错行与草木荣枯荣明神鬼之吉凶知人事之兴

衰则可言乾坤为大

天地人为一小天地也夫人之身心致知格物于

天地之知能则可言人之良知良能若思不失固

有由其功用浩然正气直养无害悠久无疆矣

所谓人身生成一小天地者天也地也命也人也虚灵

也神也若不明此者乌能配天地为三乎岂非尽性

立命穷神达化之功胡为乎秉哉

人身太极解

人之周身心为一身之主宰主宰太极也

二目为日月即两仪也头象天足象地人中之

人及中脘合之为三才四肢四象也肾水心火肝木

肺金脾土皆属阴膀胱水小肠火胆木大肠金

胃土皆属阳兹为内颅顶火地阁承浆水左耳

金右耳目木两命门兹为外也神出于心眼目为

心之苗精出于胵肾为精之本气出于肺胆气

为肺之原视思明心动流也听思聪胆动骨滑也

鼻之息香臭口之呼吸出入水咸木酸土辣火苦

金甜及言语声音木亮火焦金润土塌水漂鼻

息口呼吸之味皆气之往来肺之门户肝胆巽震

之风雷发之声音出入五味此言口目鼻舌神意

使之六合以正以破六欲也此内也手足肩膝肘膀

六使六合以正六道也此外也

眼耳鼻口大小便肚脐外七窍也喜怒忧脾

悲肺恐肾惊胆思小肠怕膀胱慈胃虑大肠此

内也 夫南高正午火心经北坎正子水肾经东震

正卯木肝经西兑正酉金肺经　乾西北隅金大肠

化水坤西南隅土脾化木巽东南隅胆水化土艮东

兆隅胃土化火此内外八卦也　外八卦者二四为肩

六八为足上九下一左三右七也　坎一坤二震三巽四中

五乾六兑七艮八离九此九宫也内九宫亦如此表里

者一肝左肋化金通肺甲胆化土通脾丁心化木中

胆通肝丙小肠化水通肾巳脾土通胃戊胃化火

通心后背俞胸山泽通气辛肺右肋化水通肾庚大

肠化金通肺癸肾下部化火通心壬膀胱化木通肝

此十天干之内外也十二地支亦如此之内外也明断哩

则可与言修身之道也

太极令文武三成解

盖言道者非自修身无由得也然又分为三乘

之修法乘者成也上乘即大成也下乘即小成

也中乘即诚之者成也法分三修成功一也文修于

内武修于外体育内也武事外也其修法内外

表里成功集大成即上乘也由体育之文而得武事

之武或由武事之武而得体育之文即中乘也然

独知体育不入武事而成者或专武事不为体育

而成者即小成也

太極下乘武事解

太極之武事外操柔軟內含堅刚而求柔軟桑軟之于外久而久之自得內之堅刚實有心之柔軟也所難者內要含蓄堅刚而不施外終柔軟而迎敌以柔軟而堅刚使堅刚尽化无有矣其功何以得乎要非沾粘连随己成自得運動知觉方为懂劲而后神明之化境极矣夫四两拨千斤之妙功不及化境将何以能是所謂懂粘连得其秔听轻灵之功耳

太极正功解

太极者元也无論內外上下左右不离此元也元也者

太极也方也无论内外上下左右不离此方也夫元者出

入方者进退随方就元之往来也方为开展元为紧

凑方元规矩之至其就能也此以外哉如心得手之

仰高钻坚神乎其隐显微明而且明生不已欲罢

不能也

太极轻重浮沉解

双重为病干于填塞与沉不同也双沉不为病自

尔腾虚与重不易也双浮为病只如漂渺与轻不例

也双轻不为病天然轻灵与浮不等也半轻半重不

为病偏轻偏重为病半者半有着落也所以不为病

四〇

偏者偏无著落也所以为病偏无著落必失方圆半有

著落岂出方元半浮半沉为失于不及也偏浮偏沉失于

太过也半重偏重滞而不正也半轻偏轻灵而不元也

夫双轻不近于浮则轻灵双沉不近于重则为离虚

故曰工手轻重半有着落则为平手除此三者之外

皆为病盖内之虚灵不昧能治于外气之清明流行

乎肢体也若不穷研轻重浮沉之手徒劳掘井不及

泉之叹耳然有方元四正之手表里精粗无不到则太

极大成又何云四隅出方圆矣所谓方而圆元而方超

乎象外得其寰中之工手也

四一

太极四隅解

四正即四方也，所谓掤捋挤按也。初不知方能使圆方圆复始之理无已焉，能出隅之手缘人外之肢体内之神气弗轻灵方元四正之功始出轻重浮沉之病则有隅矣，辟如半重偏重滞而不正，自然为采挒肘靠之隅手或双重，亦出隅手也。病多之手不得以已，以隅而扶之而归元中方正之手，虽然至底者肘靠亦及此以补其所以云尔。然后功夫能致上乘者，亦须获采而仍归大中至正矣，是四隅之所用者因失体而补缺云

四二

太极平准腰顶解

顶如准故云顶头悬也两手即平左右之盘也腰

即平之根株也立如准所谓轻重浮沉分厘丝毫

则偏显然矣有准顶头悬腰之根株下尾闾至囟

门也上下一条线全凭两平转变换取分毫尺寸.

自己辨车轮两命门一纛摇又转心令气旗使

自然随我便满身轻利者全刚罗汉炼对待有

往来是早或是晚合则即发去不必灵霄箭

涵养有多少一哈而之远口授须秘传开门中天见

太极四时五气解图

血为营气为卫血流行于肉膜胳气流行于骨筋

太极血气根本解

夏火 呵 南

春木 嘘东　　西 哈金 秋

北 吹水冬

呼

吸 上中央

脉筋甲为骨之余发毛为血之余血旺则发毛盛

气足则筋甲壮故血气之勇力出于骨皮毛之外壮

气血之体用生于肉筋甲之内壮气以血之盈虚血

以气之消长周而复始终身用之不能尽者矣

太极力气解

气走于膜脉筋力出于血肉皮骨故有力者

皆外壮于皮骨形也有气者是内壮于筋脉象

也气血功于内壮血气功于外壮要之明于气血

二字之功能知力气之由来矣气力之所以然自知

之则能用力行气分别行气于筋脉用力于皮

太极尺寸分毫解

功夫先炼开展后炼紧凑开展成而得之才

讲紧凑凑紧得成才讲尺寸分毫之理也然

必十寸为尺寸必十分必十毫其数在焉故云

对待者数也知其数则能得尺寸分毫也要知其

数非秘授而能量之者哉

太极膜脉筋穴解

节膜拿脉抓筋闭穴此四功由尺寸分毫得之后

而求之膜若节之血不周流脉若拿之气难行走筋

若抓之身无主地穴若闭之神昏气暗抓膜筋之半死

単脉拿之似乎单筋拿之劲断死穴闭之无生总之拿抓

气血精神若无身何有主也如熊节拿抓闭之功非

得真传不可能也

太极字字解

挫揉捶打按摩推拿开合升降此十二字皆用手也

屈身动静起落缓急闪还撑了此十二字于己气也

于人手也转换进退于己身也于人步也顾盼前后于

己目于人手也即瞻前眇后左顾右盼也此八字关乎

神矣断接俯仰此四字关乎意动也接关乎神气也

俯仰关乎手足也劲断意不断意断神可接劲意神

四七

俱断则俯仰矣手足无着落耳俯为一叩仰为一反

而己矣不使叩反非断而复接不可对待之字以俯仰

为重时刻在心身手足不使断之无接则不能俯仰

也求其断接之能非见隐显微不可隐微似断而未断

见显似接而未接接断断接其意心神体神气

极于隐显又何虑不沾粘连随哉

太极节拿抓闭尺寸分毫解

对待之功既得尺寸今毫于手则可量之矣节膜拿

脉抓筋闭穴非自己尺寸分毫量之不可得也节不量由

接而得拿拿不量由摩而得抓抓不量由推而得拿

闭不是不能其穴由尺盛而缩之寸分毫也此四者虽

有高授非自己功夫久者无能贯通焉

太极补泻气力解

补泻气力于自己难补泻气力于人三难补自己者知

党功亏则补运动功过则泻所以求诸己不易也补于

人者气过则补之力过则泻之此胜彼败所由然也气

过或泻力过或补其理虽一然其有详夫过补为之过

上加过过泻为之缓不及他必更过仍加过也补气泻力

于人之法均为加过于人矣补气名为结气法泻力名

为空力法

太极空结挫揉论

有空挫结揉空揉结之辨　挫空者则力隅矣挫

结者气断矣揉空者则力分矣揉结者则气隅矣

若结挫揉则气力反空揉挫则力气败结挫揉则

力盛于气力在气上矣空挫揉则气盛于力气过

力不及矣挫结柔揉结挫皆气闭于力矣挫空揉

揉空挫皆力鏊于气矣总之挫结揉空之法亦必由

尺寸分毫量之不然无挫揉平虚之灵结空何由致

于哉

懂劲先后论

五〇

夫未懂劲之先常出顶偏丢抗之病既懂劲之后

恐出断接俯仰之病然未懂劲故无病易出劲既懂

何以出病手缘劲似懂未懂之际正在两可断接无

准故出病神明及又犹不及俯仰无著亦出病若不出断

接俯仰之病非真懂劲弗能不出也胡为真懂因视听

无由即得其确也知瞻顾眄之视觉起落缓急之

听知闪还撩了之运转换进退之动则为真懂劲

则能接及神明及神明自攸往有由矣有由者于

懂劲自得屈伸动静之妙有屈伸动静之妙开合并

降又有由矣由屈伸动静见入则开遇出则合看来则

降就去則艹夫而后才为真及神明也明也岂可曰后

不慎于行坐卧走饮食尿溺之功有关也所谓及中成

大成也哉

尺寸分毫在懂劲后论

在懂劲先求尺寸分毫为之小成不遇末技武事而

已所谓尺于人者非先懂劲也如懂劲后神而明之

自然能量尺寸能量才能节拿抓闭矣知膜脉筋

穴之理要必定明存亡之手知存亡之手要必明生

死之穴其穴之数安可不知乎知生死之穴数乌可不

明闭而不生乎闭而无生乎存亡二字一闭之而已

太极指掌捶手解

自指下之腕上里者为手五指皆为指

找里其背为捶如其者按按椎掌也拿揉抓闭俱

用指也挫摩手也打捶也夫捶有搬拦有指裆

有肘底有撇身四捶之外有覆捶掌有搂膝有

换转有单鞭有通背四掌之外有穿掌有云手

有提手有滚手有十字手四手之外有反手指有

屈指有伸指有捏指有闭指四指之外量指又名

尺寸指又名不见穴指然指有五指之用首为手仍

为指故又名手指其一用之为旋指旋手其二用之

为指故又名手指其一用之为旋指旋手其二用之

为搅指提手其三用之为弓指弓手其四用之为

中合手指四手指之外为独手指也食指为下为

剑指为佐指为粘指中正为心指为合指为钩指为

抹指无名指为全指为板指为代指为扣指小指为帮

指为补指为媚指为挂指若此之名知之易而用之难得

口诀秘法亦不易为也其次有如封掌推山掌射雁掌

晾翅掌似闭指拗步指弯弓指窜梭指搽马手

弯弓手抱虎手玉女手跨虎手通山捶叶下捶背

反捶势今捶卷挫捶再其次步随身换不出五行

则无失错矣因其粘连黏随之理舍己从人身随步

自换只要无五行之牞错身形脚势出手自然又何

患些须之病也

口授穴之存亡论

穴有存亡之穴要非口授不可何也一因其难学二

因其关乎存亡三因其人才能传 第一不授不忠

不孝之人二不授根抵不好之人三不授心术不正之

人四不传鹵莽灭烈之人五不授目中无人之人六

不传知礼无恩之人苐七不传反复无常之人八不传

如其可以传再口授之秘诀传忠孝知恩者心平

如其可以传再口授之秘诀传忠孝知恩者心平

气和者守道不失者真以为师者终始如一者此五

者果有始有终不变方可将全体大用之功授之

于徒也　明于前于后代代相继皆如是之所授也

噫抑知武事中乌有匪人哉

张三丰祖师承留后世论

天地即乾坤伏羲为人祖画卦道有名尧舜十

六母微危允厥中精一及孔孟神化性命功七二乃

文武授之至予字著宣平许延平药在身元善从

复始虚灵能德明理合气形俱万载咏长春亏诚

真迹三教无两家统言皆太极浩然塞而冲方正千

年立继往圣永绵开来学常续水火既济焉愿至成

毕字

口授张三丰老师之言

予知三教归一之理皆性命字也皆以心为身之主也保全

心身永有精气神也有精气神才能文思安安武备动动

乃文武大而化之者圣神也先觉者得其寰中超乎象外矣

后学者以致先觉之所知能其能虽人固有之知能然

非致之不可得也天人之知能天然文武目视耳听天

然文也手舞足蹈天然武也孰非固有也明矣前辈军大

成文武圣神授人以体育修身进之以武事修身传

之至予得之手舞足蹈之採战借其身之阴以补助

身之阳身之阳男也身之阴女也然皆于身中矣

男之身祇一阳男全体皆阴女以一阳采战全体之

婴儿之名变化千万姹女采战之可也安有男女后天

阴女故云二阳复始斯身之阴女不独七二以一姹女配

之身以补之者所谓自身之天地以扶助之是为阴阳采

战也如此者是男子之身皆属阴而采自身之阴战己

身之女不如两男之阴阳对待修身速也 予及此传

于武事然不可以末技视依然体育之学修身之

道性命之功神圣之境也今夫两男对待采战于己

身之采战其理不二己身亦迂对待之数则为采战也

是为汞铅也于人对战坎离之阴阳兑震阳战阴也

为之正乾坤之阴阳艮巽阴采阳也为之四隅此八卦

也为之八门身是位列中土进步之阳以战此五行

也为之五步共为八门五步也夫为是予授之尔终身

用之不能尽之矣又至予得武继武必当以武事传

之修身也修身入首无论武事文为成功一也三教三

乘之原不出一太极顾后学以易理格致于身中留

于后世可也

张三丰以武事得道论

盖有天地先有理理为气之阴阳主宰主宰理以

有天地道在中阴阳气道之流行则为对待对待者

数也阴阳也一阴一阳之谓道、无名天地始道

有名天地母未有天地之前无极也无名也既有天地

之后有极也有名也然前天地者曰理后天地者曰母

是乃理化先天阴阳气数母生后天胎卵湿化位天地

育万物道中和也故乾坤为大父母先天也爹娘为小

父母后天也得阴阳先天之气以降生身则为人之

初也夫人身之来者得大父母之命性赋理得小父母

之精血形骸合先后天之身命我得而成人也以配

天地为三才安可失性之本哉然能率性则本不失既

不失本来面目又安可失身体之去处哉

夫欲寻去处先知来处来有门去有路良有以也

然有何以之以之知能无论智愚贤否固有

知能皆可以之进道既能修道可知来处之源也能

知去处之委来源去委既能知也明修身故曰自天

子至于遮庶人一是皆以修身为本修身以之良知

良能目视耳听曰聪曰明手舞足蹈乃文乃武致知

格物意诚心为一身之主正意诚心以足蹈五行手舞

八卦手足为之四象用之殊途良能还原目视三含

耳听六目耳六是四形体之一表良知归本耳目手

足分而为二皆为两仪合之为一共为无极此由外敛

入于内亦自内发之于外能如是表里精粗无不到

窈能贯通希圣希贤之功自臻于日睿日智乃圣

乃神所谓尽性立命穷神达化在兹矣然天道

人道一诚而已矣

民国癸酉重阳前七日

铁厂兄授以拳术并属抄此谱遂不敢计字

之工批敬录以呈　后学弟金宇宗缮本

六二

太极十三刀谱 （吴式）

砍剁刺扎截铬挑挖

七星跨虎交刀势　闪展腾挪意气扬

左顾右盼两分张　白鹤亮翅五行掌

风卷荷花叶里藏　玉女穿梭八方式

三星开合自主张　二起脚来打虎式

披身斜挂鸳鸯掌　顺水推舟鞭造篇

下势三合自由招　左右分水龙门跳

卞和携石凤还巢

太极剑谱 （吴式）

1 分剑七星　2 进步搽膝　3 翻身披剪剑

4 上步屈膝　5 卧虎当门　6 倒排金铃

7 指裆剑　8 剪山寺剑　9 逆鳞鳞刺

10 回身喜剑　11 沛公斩蛇　12 翻身提斗

13 猿猴舒背　14 樵夫向柴　15 苍龙报章喉

16 退步搽阴三剑　17 卧虎当门　18 榜公摇橹

19 顺水推舟　20 眉中喜亲　21 反剪腕

22 退步反身剪　23 玉女投针　24 翻身连环挂

25 迎门剑　26 卧虎当门　27 海底搅鳌

28 魁星提笔　29 反手式　30 进门栽剑

六四

61 勾挂连环　62 合太极式

此谱乃师命抄录于八十年代中后期今又以毛笔

重抄之光阴忽乎已逝十数载 师已仙逝逾六载

且此际疫病之气遍行陆续抄于京鲁两地也

癸未春善觉久並记之 🔲

此"退步跨虎式"是日前
所见唯一一张李经梧吴
式拳照,他时年51岁。

附录《太极拳秘宗》